AF397478

Dagdrömmarens månresa – del två

Till Kenneth.

Dagdrömmarens månresa - del två

Dagdrömmarens månresa – del två

Victor Sköld

Förlag: BoD – Books on Demand, Stockholm, Sverige

Tryck: BoD – Books on Demand, Norderstedt, Tyskland

ISBN: 978-91-8007-600-5

"Who looks outside, dreams;
Who looks inside, awakes"

Carl Jung.

Dagdrömmarens månresa - del två

Förord.

Ett minne blir till en historia och i den berättelsen
finner livet essensen kring det viktiga. Varje
rörelse och varje ordval blir en ny oas att vila inom
eller skapa vägar framåt. Beslut och ungdom är en
dans på rosors taggar där varenda tanke blir till en
fiende som vill illa, men i samma beslut bor en
hjälte som vill visa samma tvekan att möjligheten
finns att fånga. Utrymme att bli något annat och
någon annan som faktiskt gör det som en gång
fanns nedskrivet i en pojkes drömmar. Den
drömmen var och är huvudstaden Berlin för mig.
Staden som ropade mitt namn vid första beröring
och fick nya perspektiv att bli än mer utbredda.
När tåget från Malmö nådde tyska kusten och tog
oss vidare mot historiska vingslag, minns jag än
idag hur greppbart allting kändes när
Fernsehturm tronade fram bakom ett par
nedgångna höghus i stadens utkanter. Det var som
om en vän hälsade mig välkommen och som
lovade att livet aldrig mer skulle vara sig likt. Och

så rätt samma skepnader och vyer fick. Ingenting blev sig likt inombords. Den lilla småstadstonåringen fick sig en rejäl törn i självbilden. Nya intryck formade ett nytt innanmäte.

Röster och ansikten finner sin plats framför ögon. Bokstäver når in och skapar känslor som formar en resa framåt om en så vill eller inte. Var fötternas steg tar en är en slump som ger och tar på ett vis som inte går att urskilja. Endast enstaka moment kan definieras som nedslag och mer betydelsefulla än andra. Ett av dessa moment var mitt liv i ett annat land. En del av livet som återkommer i all kreativitet som mina händer skapar. Ett annat språk ger mer än vad som till en början kan tänkas påverka ens egna tankar och val. Att utsätta sig själv för utmaningen att konstant tänka och verbalt uttrycka sig inom ett annat språks rum och gränser är en utmaning som rekommenderas alla som någonsin tvekat kring sin egen förmåga. Tyska språket blev starten på

min kreativa resa. Och sedan en ålder på tolv år
har hjärnan valt att särskilja intryck och valt att
tänka i nya banor. Tacksamt har dessa riktningar
lett till stora lyckor och mindre lyckade
situationer.

Kärleksmässigt och mänskligt har strävan lett
till vyer som evigt kommer påverka hur jag tänker
och tycker. Hur jag känner och vad jag vill se av
världen. Berlin blev min start på att välja en annan
väg och starten på det som nu blivit till min tionde
bok. Denna gång del två av min bokserie om
Gabriel och Ingrid. Detta är fortsättningen på
Gabriels resa i form av Ingrids känsla av att söka
nya intryck som tar henne vidare mot det som livet
egentligen ska bli. Hur resan blir vet endast hon
själv och i hennes möten med sig själv utvecklas
även omgivningen till det sämre och till det bättre.
Vad som spelar roll är hur hon ser på
konsekvenserna och det vackra som kommer ur att
utmana invant beteende och invanda
förväntningar. Historien vill visa på att det egna

hjärtats sång är den som betyder någonting.
Allting annat får och ska komma i andrahand.
Särskilt om ett liv levts på ett vis som aldrig
egentligen gynnat den som lever detsamma.
Ingrids resa liknar ingenting annat som skrivits av
mig, och utmaningen i det har lett mig själv till nya
insikter. Tacksam för dessa.

Ingrids historia är fullt fiktiv och eventuella
likheter med verkliga personer eller platser är inte
medvetet uttänkta. Upplevelserna kring Tyskland
och städerna i samma land är mina egna och tagna
ur min fantasi. Gabriels tidigare historia är skriven
med samma utgångspunkt. Med detta sagt hoppas
jag att del två av *Dagdrömmarens månresa* ska
inspirera er på det vis som boken inspirerat mig
själv under tiden som den skrevs. Tack för ordet.

Victor Sköld, Stockholm 2023.

Prolog.

Persiennen faller ner igen efter att ha försökt söka sig upp mot fönstrets övre horisontella list vid tre tappra försök. Resultatet av samtliga har slutat i misslyckandets skadeglada leenden. Snöret som agerat hjälpreda pustar ut efter ännu en kraftansträngning utan lyckat resultat. Ett sisyfusarbete värt den litterära referensen. Ett försök till väntar, men en offerkofta över en öm tjänsts tillkortakommande bör få sin tid på en imaginär scen. Snöret känner ändå att det gjort vad det kan hittills. Ingen skam ska falla på en tapper intention. Objektiv sanning i en subjektiv tanke. Solen får vänta med att vila sin konstlade charm på lägenhetens flertal möbler. Strålarna slår mot fönsterglas utan att få titta in fullkomligt. Har möblerna klarat sig från vitaminer i ljusform de senaste nio timmarna ska ytterligare minuter inte göra en särskild skillnad. Fåtöljen med alldeles för frekventa gårdagsplagg liggandes i dess säte välkomnar dock frigörelsen från mörker samt billiga reatyger. Utanför fönstret hörs barn gå mot sina olika skolor efter att föräldrar bett dem sakta ner i sina höga tempon. Ett hyschande ljud kommer ut från ett närliggande fönster men barnen tar ingen notis. I samklang med ett gällt rop från ett av barnen ljuder den gula återvinningsbilens varning för pågående rörelse bakåt. En annan vuxen stämma hörs ropa att barnen får ta sig i deras ej befintliga kragar. Antagligen en äldre individs uttryck som fortsatt tycks fungera. Detta moderna skådespeleri hörs men syns inte då persiennernas dyra träslag håller synen fånge en stund till. Dunsen från fallet skulle kunnat ha väckt en björn ur sin djupa vinterdvala. Bevisligen sover en av parterna i rummet djupare än på länge eftersom ett fjärde försöks misslyckande även denna gång skapar oljud mot fönsterblecket. Ingen reaktion eller tecken på uppvaknande. Underligt men samtidigt nödvändigt. Den senaste tiden har behandlat en ömsint vaggande famn illa och i stormarna har återhämtning fått byta namn till fortsatt kämparanda även när den aldrig haft rätten att agera falsk synonym.

Kökets ytor skiner av städat kaos. En trendig komposition som tilltar och tilltalar även den som aldrig tyckt sig vara i behov av en skinande matlagningsfabrik. I varje hörn står redskap redo att förgylla en trist torsdag eller en ödmjuk tisdag. Oavsett humör kan köket ge det som livet har svårt att hänge paret som valt att tillbringa sin tids majoritet inom samma väggar. Av ren vana är nu detta en påtvingad oas som ska rädda alla bekymmer och argument från att blotta den känsla som vrålar sitt eget namn. Och i samband med att ett nytt redskap över fem kilo bärs in genom de detaljmålade bågarna ovanför dörröppningarna, ler kombinationen av människor mot varandra och vaggar in ansiktsuttrycken i ett gemensamt lugn som förklarar att de har det rätt bra ändå. Även om soffan bitvis är en högre form av bäddmadrass med sina urtvättade sängkläder.

Tittar en närmare på etiketterna ser de dock att tygerna kommer från ett av de vackrare modehusen. En tröst när ensamheten tränger sig på en söndagsnatt och viskar i den utstöttes öra att saker och ting kanske inte riktigt är som de ska. Lyckan ska äga dessa rum och inte ovissheten. Att inte veta var vi ska är och förblir en trend som ingen talar högt om. Utåt ska vi vara skönheten och tryggheten. Soffan är trots allt köpt i stadens centrum. Där pengar inte är ett bekymmer så länge räntorna betalas och signeras innan samma möbel transporteras till ett gemensamt hem. Kökets ytor skiner och gömmer ett kaos förklätt i mjuka kulörer. Purpurlila och turkos är vackra nyanser att vila ögonen på.

Livet tillsammans var ett annat än det som uppfanns i mötet med varandras ytor. En stadig kurs mot någonting annat än det som sköljde över två individers gemensamma känslor. Vad som skett visste ingen, men skillnaden fanns där för inte bara tvåsamheten att se. Scenkonst för oinvigda. Blottande explosioner som inte upphörde även om intentionerna alltid varit riktade mot att förbättra varandra. I mötet med varandras ytor skedde nu en avsmak som var lika berättigad som den var ett mysterium. Om detta var det som en kärleksfull resa blivit, behövde de hitta sjökorten illa kvickt för att kunna rädda det som fanns kvar att värna om. Men i essensens spår fanns ingen startgrop att hitta mer än vid enstaka sekvenser av dopamintoppar. Tystnader vid matbord eller i en överdimensionerad soffgrupp blev mer vana än gemensamma aktiviteter. En annan stad var mellan de båda och nya bekantskaper fann sig bli klämda emellan. Sovrummet var argumentationens högborg som resulterade i att insomnandet kläddes i en sorgsen stämning. Där morgondagen tog vid och solens enkla strålar försökte nå in genom träslagen, var skådespeleriet högklassigt. En puss på pannan och en naken kropp som sökte sig till toaletten i en mörk korridor. De dyra mörkläggningsgardinerna i vardagsrummet gjorde sitt för att visa att en kommunikation en gång i tiden fungerat. En undran om ett glas vatten önskades till sin andre hälft tillägnades rummens väggar som förde frågan vidare. Ett dovt "Ja" kom tillbaka utan frimärke. Kanske fanns det hopp i hopplösheten. Kanske var det i sin ordning att inte kunna fästa persiennerna mot fönstrets övre list. Svaren fanns någonstans mellan toalettens spolande och ett par tvekande fötter med destination mot dåtidens drömlandskap i en annan person.

Kapitel ett.

Var ögonblicket förbi för en ny dröm att fylla ögonvrån och en hes röst med värme? I den mörka kvällen var laserstrålar och rökridåer en av få tillflyktsorter att hitta i stormen av interna känslor. En våg efter ny våg av externa tvivel som fått den egna personen att inte se lösningar på problem som alltid varit en form av enkelhet. I sjön av kärlek började nu samma andning tappa sin rytm och i varje nytt försök till rena andetag fann syret helt fel väg. Ett försök till luft blev snarare ett strypgrepp kring en naken och kämpande strupe. Samma hals som blivit behandlad som den dyraste av ägodelar. Kysst och smekt som bara sann kärlek kan förmedla mellan läppar och hud. Nattens svarta himmel gav ingen chans till oskyldiga kulörer att ta plats, men i en inverterad ljusstråle kunde eventuellt natten få sitt nya namn skrivet. Vem som hade svaret på hur det skulle kunna skrivas visste ingen. En joker i dimmorna som maskiner pumpade ut till tonerna av ytterligare en världsstjärna. Inkognito observerade en lyckligt ovetandes person scenkonsten som fortsatte när umgängeskrets beställde in en ny runda av ren berusning. Vrål och glädjerop fyllde en hörnsoffa intill en av laserstrålarnas ursprung. Där befann sig Ingrid utan att varken lyfta eller sänka sina smilband. Kvällen var en flykt. Från det som en gång kändes som räddningen från stormar. En livboj i ett hav som snart skulle lugna sig, bara en sansad ton hittade en rytm som gick att diskutera sakligt med.

Snabbmatsrestaurangen liknade mer en renässansmålning än ett flyktigt hak för berusade individer på jakt efter sälta och fett. För varje ny dörröppning passerade grupp efter grupp med samma mål. Föda för att göda en grad av förvirring som endast ett fåtal individer inom samma väggar kunde se igenom även om de ville eller inte. På väggarna fanns flertalet skärmar med alla liknande funktion. Efter ett par knapptryckningar fick stenåldersmänniskorna sina upplevda önskningar utskrivna i handen med ett tillhörande nummer. De som sökte sina byten i en högre grad än andra hittade ytterligare en växel att placera sina bens rytm i och tog fart mot kassan. Någon skrek rakt ut vid en av skärmarna om att ett nummer aldrig nått dennes hand. Hur skulle nu instinkterna i kroppen möta hungerns behov av makronutrienter? I villrådigheten ryckte samma person kvittot ur handen på sin närmste bekanta person och efter detta kunde växellådan även hos denna människa föra kroppen mot utlämningen. Ljudnivån tilltog när dörröppningarna förblev uppställda av ett halvdussin män som inväntade varandra. Kylan hittade in mot Ingrids panna och nakna underarmar som tillät ytterjackan att vila. Hennes vänner var sedan länge deltagare i det moderna konstverket som pågick längre bort. Nummer efter nummer ropades ut som om en regelrätt auktion utspelade sig i matosets dova melodier vid kassan. Kvittot med samtliga av vännernas önskade föda fanns kvar till hälften vid Ingrids armbåge som vilade lättsamt mot ett bord monterat i fönsterglasets stöttande metallist. Samma fönster som agerade vän till öppningarna som fortfarande stod på vid gavel. Ingrids blick höjdes när hon tyckte sig känna igen numret som ropades upp; det som stod skrivet på kvittots andra hälft. En upplevd och skev lösning av en av vännerna då gruppen redan visste vad de beställt. I en enkel rörelse som sökte svar på varför kylan inte avtog, fann Ingrids blick en bekants ögon. Chansen som var borta var nu hennes att fånga igen. Eller att riskera sin framtid inom. Bov eller hjälte?

Fester i vardagen och firanden av tillvaron hade tilltagit under de senaste veckorna och månaderna utan tydlig anledning. Som en oviss vän som bad personen i blickfånget att njuta av livet på riktigt. Situationerna med pompa och ståt infann sig från tomma intet, bad om att få be deltagare efter deltagare att finna sig i dans och skratt. Äkta glädje som konstlad; det var oviktigt i sammanhanget, huvudsaken att rädslan att missa nästa sammankomst var minimal inom kretsen av vänner. Konsumtionen av alkohol var uppenbarligen förhöjd och tog krafter från det som förr varit viktigare än allting annat. En latent förväntan av kroppen att inte finna energin till sina vardagliga rutiner. En accepterad form av besvikelse. Träning, öppna dialoger, närvarande bekantskaper och en känsla av framsteg var som bortblåsta. Vinden med flockbeteende tog det mesta med sig. Med en oförmåga att tacka nej till nästa sammankomst befann sig Ingrid oftast först av alla på plats till sin egen förvåning. Med ett leende som smält hjärtan och som fått person efter person att vilja omge sig med hennes närvaro föll individer som furor. Ingrid hjälpte till med serveringen och pysslandet kring aktuell fest tillsammans med en påklistrad tacksamhet över att få vara delaktig. Enligt vännerna var hon en otrolig person. Prestigelös och osjälvisk. Blyg men självsäker. Åsikterna var flera. Hennes eget sinne skrek "Wahnsinn" varje gång hon knackade på dörrar in till vansinnet som var dessa festligheter som aldrig verkade ta slut. En andningspaus från kaoset inväntades men tycktes aldrig komma. Tiden skulle antagligen visa svaret. Med vin i munnen som sakta sökte sig ner i halsen var dock förväntningarna svaga och låga.

Dagar som kändes oändliga var en tacksamhet mot tristessen i alla utmaningar. Tid som inte kunde hittas tidigare var nu luckor i kalendrar och gav upphov till en känsla av kompetens och självförverkligande. Passionerna fick leva när alla måsten annars försvann i ett liv fyllt av rutiner och tankar om nästa steg framåt i en relation som ibland upplevdes ha nått sin slutdestination. Kärlek fanns kvar och viskade sitt vackra namn i perioder, när orden nådde fram och leenden mötte leenden. När en helgmorgon var medicinen mot tvivel och tvång. Kyssen innan fötter mötte kallt lägenhetsgolv. Kaffebryggarens entoniga melodi från köket. Varsamt inrett med gemensam glöd. Öppen eld, när den hanns med, i ett allrum skapat för att ge eldstaden sina jaktmarker att finna skepnader värdiga att kasta sina varma skuggor på och mot. Vintern var lång och mörk utan tecken på att någonsin ta slut. Men av sedvanlig naturlig anledning hittade ljusa dagar fram efter höstens och vintermånadernas dystopiska korståg. Höga stämmor fick se sig besegrad av mer ömma och mjuka värden. En lättnad att se ljus mot kappans rygg och bröst på väg mot ett arbete som ändå agerade frälsare även om kravbilden ökat de senaste åren. Det fanns tillräckligt med ljusglimtar i form av framsteg inom karriären som levde ut sina energier. Fortsatt fanns drivkrafterna där för att inte ge upp på varken en relation eller arbete. Kollegorna förtydligade att Ingrid levererade gång efter annan. Hon själv kände att lägsta nivån fanns kvar i årstidernas brist på höjd. Orden fick tas för sanning när den egna rösten inte var det tåg som forcerade sig fram på en nybyggd räls. En framrusande kraft som tidigare i livet varit den främsta tillgången. "Möchtest du auch eine Tasse

Kaffee, Ingrid?" frågade vännen och kollegan med ett försiktigt leende mot en evig ljuspelare inne på caféet nära kontoret. Ingrid nickade en tacksam acceptans. Nog var det värt att kämpa vidare, tänkte hon när koppen med het dryck mötte den snart uppvärmda handflatan.

Hallen inne på kontoret var som om en festival var i görningen och att samtliga anställda var tvungna till att delta innan de ens hunnit in tillsammans med sina generiska passerkort mot en kortläsare. Scenen tillika kontoret, som var en vanligtvis trist syn, var uppenbart besmyckat för en dag som Ingrid helt missat att notera ner i sin redan överfyllda kalender. En färgexplosion i stil med karnevaler, denna gång tyvärr i miniatyr. Mainz, Köln och München skulle ha varit avundsjuka, dock. Men det fick fungera verkade det som att beslutet blivit av receptionisten som uppenbart blivit påtvingad en extas som syntes redan i de senare trappstegen. Som alltid spelade han, eller Ulrik som han hette, den roll som bolaget önskade. Glad och leendes redan utifrån kontorets egentliga rum. I en enkel handrörelse öppnades den glastäckta ytterdörren upp som skiljde trapphus och kontorsyta. På plan tre kändes det som om luften blev sämre, ett bekymmer redan när Ingrids första dag var till ända för ett par år sedan. "Das wird schwer" var svaret från fastighetsskötaren i inkommande mail efter ropen på hjälp. Ingrids skickade mail till samma adress var inte längre i görningen och skulle aldrig mer be om assistans. Gångjärnen var uppenbart smörjda sedan någon timme tidigare då de annars i sedvanlig ordning spelade en gnisslande symfoni värd cirka 10 euro i inträdesavgift. En rimlig summa i rent estetiskt hänseende. Ulriks hand höjdes när Ingrids steg mötte en matta täckt av vattenfyllda skoavtryck och företagets vackra logotyp. Det var ett professionellt intryck och på ett sätt en form av stående varmt välkomnande. En snabb verbal hälsning rörde sig ur hennes mun och ett finger placerades på klockan på handleden för att visa receptionisten att småpratet fick ske lite senare då ett möte var påbörjat utan Ingrids närvaro. Mörkret ute var inte en väckarklocka, snarare motsatsen. Ett faktum som förde hennes rutiner bakom ett fiktivt mörker till skillnad från det äkta och naturliga. Dörrautomatiken hjälpte dörren på traven att stängas när trapphusets ekande jargong lämnades bakom henne för ett par timmar.

Under sin lättsamma promenad genom kontorslandskapet möttes en nyvaken hörsel av gälla röster som alla diskuterade olika saker och inköp som inte tolkades in som viktiga i en kal miljö. Ljudvågor sökte sig över rummen med tre meters takhöjd från högtalarsystemen i varje hörn. De kommersiella inslagen av en ny leverantör eller nya produkter ljöd ut och klädde in kontorsmateriel i ett mentalt kroniskt snötäcke. Diskussionen mellan två radiopratare tycktes aldrig ta slut. Dagligt inslag, precis som den ensamma kaffemaskinen som ingen använde i ett allrum som blivit kvar efter en renovering. Men maskinen passerades innan varje start av arbetsdagarna tog fart. Folkhavet, som var ursprunget till en aktiv ljudbild av anställda, syntes till ett par meter diagonalt över lokalen. En stämma mötte en annan och bakom enstaka skiljeväggar hördes ytterligare tankar verbalt uttryckas med stolta och tydliga spörsmål. Mobila ringsignaler spelade ostämda toner från olika håll. En efter en slutade mobiler att ringa i bruset av ljud. Antalet accepterade samtal var ett mörkertal som saknade intressanta resultat. En kvinnlig stämma frågade om leveransvillkor och budget, en manlig motsvarighet svarade med ett kort och rakt svar efter millisekunder. "Ach so? Klingt teuer" svarade kvinnans röst med lika kort svarstid. Innan stegen tog Ingrid vidare genom lokalerna förblev tystnaden påtaglig i just denna dialog och udda utbyte av information. En accepterad mentalitet. Spydig ton i en spydig miljö. På väggarna, målade i företagets kulörer, hängde i sedvanlig ordning ny konst efter att en tidigare konstnärs uthyrning tagit sig i kragen och avslutat sin tjänst inne på kontoret. I en önskan om att nå ut i intrycksstormarna dök konstnärer upp och bad om att få exponera sig själva i lokaler med utbredd ruljangs. Detta var inte en sådan. Missnöjt sågs de komma en efter en i trapphuset med sina verk vilandes under armhålor. Att våga är inte alltid att vinna. Stoltheten följde med och Ingrid hoppades att kreatörerna sökte sig till rätt plats efter en sejour hos hennes arbetsgivare. Det var en lärdom som alla andra.

I slutet av det utbredda landskapet av generiska kontorsmöbler och diskussioner om nästa bokslut, fanns platsen som var tillägnad Ingrids arbete och idéer. I den tristess som uppstod under arbetsdagar, fanns inspirationen för att hämta tillbaka henne från bullret just inom denna plats. En tanke blev till en idé och när tåget väl ljöd för avgång kunde Ingrid inte upphöra att arbeta på den nya vågen som uppstod inom henne. När väl röken lade sig efter det frekventa skrivandet på datorns utslitna tangentbord och ordens pånyttfödelse i skärmens gulnande nyans, fann hon sig oftast sittandes med en fin känsla inombords. Någonting hade åstadkommits ur tomma intet och blivit en resa i det som var Ingrids främsta känsla av frihet, att skapa. Kreativiteten var obefintlig i lokalens samtliga hörn, men inom hennes yta var hon ständigt ostoppbar. En stolthet fanns i att se hur en strukturerad form av planering kunde främja de idéer hon bar på under veckornas och årens alla dagar. Koncept för vinnare. Efter en lång konversation om kulörers påverkan på ett sinne tillsammans med arbetsmiljöansvarig, tilläts Ingrid måla sitt kontors väggar i en dov men ändå tydlig nyans av grön. Hennes favoritfärg bidrog till produktiviteten, vilket hon känt av redan som ung i Wiesbaden, då flickrummets väggar var målade i samma nyans. På kontorets väggar fanns inspiration från de konstnärer och personer som alla hade en speciell plats i hennes hjärta. I en av ramarna fanns en bild på Ingrid och den som vunnit hennes innersta rum. Hennes man sedan fyra år tillbaka. Gabriel. Den nu äldre och smarta personen som fann henne i södra Tyskland. Hon tittade in i ögonen på bildens huvudrollsinnehavare och log ett diskret leende. Under åren som gått var upplevelserna för många att räkna upp. Innan tankarna hann flyga iväg, startade Ingrid upp datorn som vilade på kontorsbordet i behandlad ek. En idé kom till henne, exakt på det vis som hon visste att hennes eget kontor oftast gjorde. Som på beställning.

I köket placerade sig de bayerska kollegorna enligt traditionen. Lunchtid och mikrovågsugn efter mikrovågsugn startades upp som en flygplansarmada. Miniatyr av vad deras förebilder kunde vara. Punktligt som alltid startade den sydtyska ventilerande processen som blivit ett evigt inslag om lunchen spenderades inom kontorets väggar. Det bayerska lättölet skickade iväg sina dofter bort mot hörnen som utgjorde företaget och påminde samtliga om att det var dags för en paus. Ingrid kämpade sig ifrån sina idéer av och an och i en sekund funderade hon om det var värt att inte göra kollegorna i köket sällskap. En kurrande mage ville annat och ögonen fick därför slita sig för en stund. Släppa en produktiv förmiddags gula skärm täckt med nyanser av svarta rader. Kontorets temperatur tvingade henne att klä på sig sin stickade tröja över sin långärmade t-shirt. En gåva från sin svärmor från Sverige. Den stickade konstruktion höll henne varm och skyddad från låga temperaturer som var en av få akilleshälar i livet. Texturen vilade en stund i handflatan då en av ärmarna spruckit och försökts repareras av Ingrid själv. Men till ingen nytta. Svärmor fanns inte längre och ingen youtubemanual var tillräcklig för att rädda upp situationen. Ingrid kände saknad efter det som varit en bonus i att ha träffat sin Gabriel. Vid varje besök från Sverige kände hon sig än mer sedd och förstod varifrån hennes partner fått sina fina sidor från. Gabriel kunde ibland uttrycka att det var enerverande att ha sin mor på besök i hans nya land. Detta bemötte Ingrid med förståelse men förtydligade att Gabriels mamma var ständigt välkommen till deras hem. Ingrid kände kanske att hon saknat en förstående kvinna i sitt liv. Fastän hennes egen mamma försökt så gott hon kunnat. Från köket hördes en våg av skratt komma emot Ingrids kontors vidöppna dörr. Magen kurrade till igen.

Röken från kollegans cigarett täckte vyn över staden för en stund. Kylan utanför värmen från idéernas högborg berörde porerna i ansiktet och fann sin plats även om den ibland inte var rätt att finna. I varje mikroskopisk grop kröp kalla kårar in och lade sig tillrätta. Tackade för platsen som inte var behörig. Tålamod är framgångens fiende och vän. Kylan hörde till den part som såg tidens vän som ett slöseri av väntan. Ta vad du vill ha. Annars kan du behöva vänta i en evighet. Ingrids kollega samt vän förde cigaretten mot sina lila läppar.

Färgade av kosmetiska blandningar och inte ett resultat av den kalla luften.

Temperaturskillnaderna i utandning och luft skapade en explosion av rök vid varje nytt bloss.

Av och an kunde Ingrid skymta sitt hem uppe på höjden bortom stadens centrala siluetter.

Takpannorna låg som en matta framför höjden där hon visste att Gabriel febrilt arbetade hemmavid. Hans karriär, precis som hennes, hade gått i ilfart framåt efter deras gemensamma tid i de södra delarna av landet. Nu i huvudstaden hittade deras talanger mer och mer fotfäste. Enklare än de själva hade förväntat sig se varandras resor. Istället för det regionala tåget med sina flera stopp, var Ingrids karriär ett framrusande, japanskt, specialtåg. Hoppade över samtliga mellansteg och mellanchefspositioner för att finna sig själv med mandat att på riktigt göra skillnad. Genom landsbygd. Genom mindre stadskärnor. Förbi reklamskyltar och graffittibeklädda tegelhus. Gabriels konstnärliga resa från sitt hemland till att nu vara ett av de främsta namnen inom sitt fält var likt hennes egen karriär ett hopp över landmassor. Genväg skulle ha varit ett felaktigt ord, men tur och att befinna sig på rätt plats vid rätt tid var uppenbarligen en talang paret besatt. De lila läpparna frågade Ingrid en fråga om nästa kvartalsrapport. Hälften av frågan försvann i röken som skymde mattan av takpannor. Uppe på höjden fann Ingrid resten av orden och svarade att rapporten inte kunde se bättre ut. Företaget skulle redan i början av året gå med vinst. Till stor del till följd av Ingrids förarbete.

Ett skinande lockigt hår och ett mystiskt förhållningssätt var fast på näthinnan sedan 48 timmar tillbaka och två nätter av sömn i en säng med den som egentligen ägde Ingrids hjärta. Snarkningar som speglade närhet och villkorslös hängivelse. En puff mot bröstben för att få lätet att sluta, inte för hårt eller för löst. Tillräckligt för att tysta andningens restprodukt för ett par minuter även om snarkningen blivit till en skev och omedveten kärleksförklaring. Vacker inombords, ful på ytan. Snabbmatsrestaurangens renässansmålning blev mer än en avtändning under lugna tillfällen och ett sätt att komma ner från utekvällens, tillika helgens, mediokra stämning. Kylan utanför dörren där deras ögon mött varandra för första gången blev en betingning som väckte påminnelser när nästa rökpaus skedde för kollegan. Ingrid följde med ut igen och igen under arbetsdagen för att hitta tillbaka till känslan som väcktes. En spänning. Hotfull. Men kännbar. Helgens tidigare skeenden blev en pannå att vila ögonen på. Skarpa färger förberedda på en billig palett. I sina tankar bodde en ny horisont som Ingrid känt sig sakna ett par månader i följd. En känsla av att vilja hitta mer poesi i vardagen och nya formuleringar. En evig rörelse som skapar intryck och kreativitet tillräcklig för att kunna rasera gamla murar. Ingrid visste att hon var på djupt vatten när huvudet gång på gång dök ner under en imaginär vattenyta som tillhörde ett outforskat hav. Ett par nya ögon hittade hennes i matoset och i nummerlappsskärmar. Ingen bot var utfärdad eller tillskriven Ingrid. Oskyldiga intentioner med en brysk konsekvens om den införlivades.

Kapitel två.

Parken vid lägenheten upplevdes lika utbredd som en av världens oceaner. Med små öar av lekparker, kiosker, konstverk och träd. Runt dessa fanns imaginära skepp fastankrade i form av familjer som lagt ut sina filtar med skiftande mönster. På andra skepp fanns par som låg i varandras famnar eller vilade på varsitt håll beroende på filtens storlek. Vissa filtar stora som lastfartyg med två passagerare som lekte med varandras händer och skrattade av och an som om livets skämt precis presenterats. Ett av paren som också flöt runt på sin filt på ett torrt gräs i en tidig vår var Ingrid och Gabriel. Ovanför deras tygbit svajade en trädkrona stor som en mindre personbil. Ingen rost syntes till eftersom trädet levde för en ny start på sin skönhet. På dess grenar syntes knoppar sprida sig i ett oregelbundet mönster. Tillskillnad från det symmetriska mönstret på parets filt. Gren efter gren vaggade sina respektive knoppar in i en vila för att inte påskynda ett uppvaknande i onödan för de små nystartade begynnelserna som skulle få leva flera månader framöver. Varje dag skulle erbjuda mer värme och mer ljus. Ibland tung väta från åskoväder eller vanlig och varsam regnskur en het sommardag. Trädkronan vilade när vinden avtog och under de mikroskopiska bladen hittade en vårsols ljus fram till Ingrids ansikte som riktades upp mot himlen. Ögonlocken omslöt hennes ögon och hennes huvud vilade på Gabriels regelbundna andetag som fyllde hans lungor. Hennes egna andetag rörde ryggslutet minimalt upp från filtens tyg i ryggslutet när vårens friska luft smekte kroppen. Det var fortsatt kyligt i luften men ändå kändes dagen varm och välkomnande. Gabriels armar och händer skymde solens mest vågade strålar genom boken som han höll upp med en hand och läste i tystnad. Gabriels andra hand vilade i Ingrids hår och smekte hårbottnen varsamt mellan pauserna då en ny sida behövde avslöjas genom en enkel handvändning. När Ingrid kände för det, var hon den som bytte sida åt sin käre partner. De log mot varandra och Gabriel kysste henne på pannan samtidigt som Ingrid omslöt sin blick med ett par ögonlock som valde att njuta av en sällsynt stund av tillfredställande kärlek. Dessa stunder var få till antalet senaste tiden.

"Was glaubst du?" undrar Gabriel samtidigt som en ny sida i boken som vilar i handen lägger sig ovanpå den föregående ordföljdsaffischen. Vårsolen hittar fram igen då bokens pärm duckar för en millisekund. Ett par barn springer förbi filten och bråkar över en frisbee. Fastän skrik blandas med rop till föräldrar om understöd, befinner sig projektilen i luften oftare än på marken. Den blå plasten fångar vinden och inte tvärtom. När kast efter kast gör att gruppen av ilskna yngre förmågor försvinner bort, uppstår en tystnad som tidigare togs förgivet. Frågan kommer på nytt men Ingrid svarar inte denna gång heller. Hon är upptagen med att se hur flygplan efter flygplan spelar omedveten luffarschack mot varandra med sina kemiska spårvägar som lämnas bakom deras väg genom atmosfärens partiklar och iskyla. Ett gult flygplan vinner nästintill partiet men går bet när en skarp kurva tas och gör att ett kryss istället blir till en halvdan halvcirkel. Ett nytt plan kommer efter och missar helt och hållet rutan som tidigare plan kämpat kring. Ingrid sträcker ut sin arm och vinner spelet med sitt pekfinger med ett imaginärt kryss. Hon ler åt sin egen fantasi som alltid funnits där som en förmåga att använda i stunder av lugn. Gabriels vänstra lår knuffar till Ingrids höft då hans andetag tagit en kort paus för att få svar på sin fråga. "Bitte?!" nästan ropar Ingrid till hans undrande ansiktsuttryck. Gabriel tittar på henne med en blick som bara ett längre förhållande kan förstå. Han förklarar att det inte var någonting viktigt, Ingrid är fri att återgå till sitt dagdrömmande. Med glädje återgår blicken till himlen där ett moln flyter förbi ensamt på en blå canvas. Det liknar ett får utan bakben. Ingrid ler igen som efter sin vinst mot luftens barriär.

Gabriels andetag börjar vagga hennes stund som tidigare och i parkens horisont, en röd strimma av bebyggelse mot deras stadsdel, syns siluetter av yngre människor jaga ett flygande föremål. Ett UFO eller kanske en fågel. Ingrid blundar och låter Gabriels mage söva henne en kort stund.

Ett vrål hördes ut över hela parkens yta. "Jetzt wird's gefeiert!" skrek rösten och i tonens skarpa ljud kunde en flaska med mousserande dryck höra öppnas. "Los geht's!" svarade en annan röst från en balkong längre ner längs gatan som gick längs med parkens yttre gränser. En familj i parken höjde sina glas med förhoppningsvis drycker utan rus och balkongernas invånare ropade ett glatt tjut i samband med deras gensvar. Solen började tacka för sitt korta inspel som varit ett långt och syrerikt andetag efter en mörk vinter av besvär och tvivel. En värmande dag som ingav hopp om att staden äntligen var på väg att bli den plats som alla önskade. En pärla i ett inlandsklimat. Sjöarnas och parkernas kungakrona. Parkens gräs var fortfarande för kort i rocken för att nå över filtens kanter och lägga sig på samma tyg. Ett grönt staket cirkulerade runt den symmetriska skyddszonen som Ingrid och Gabriel fortsatt befann sig på. De spelade nu ett parti kort av ett påhittat spel dem emellan. Kvicka beslut och sabotageförsök i jakten på vinsten. Ingrids hand smällde till Gabriels handrygg när hans hand försökte greppa två kort i en kvick rörelse. Förvånat tittade pojkvännen på sin flickvän. Med en blick som klär en pretentiös offerkofta. Ingrid ryckte på axlarna och stirrade in i Gabriels själ. "Guck mal!" nästan skrek Gabriel och pekade, med sin oskadda hand, mot horisonten bakom Ingrids rygg. Hon vände sig om för att se vad som kunde vara värt just den reaktionen. En bil, alldaglig i all sin prakt, rörde sig längs husens och gatans betydligt mer dekorativa drag. Västtyska hus i ett östtyskt arv. Underligt att det aldrig noterats av en annars analytisk hjärna, tänkte Ingrid samtidigt som hon besviket vände tillbaka blicken mot Gabriel. Han kunde inte sluta le när deras ögon åter möttes. Ögonens smilgropar kunde inte övertyga Ingrids sinnen om att ingenting underligt skett på filten. I händerna på en fuskande hälft vilade ett par kort. Ingrid tittade först på ett halvdussin spelkort och sedan hittade hennes blick in till själen på personen mittemot. Hon log med kärlek men kände också hur andra känslor ryckte i hennes mentala byxben för att be om Ingrids uppmärksamhet.

Promenaden hem tillbringades hand i hand. Rörlig hemvist. Stundtals blev händerna fria och armarna tog över i krokform om den urbana terrängen utmanade anklar. Avspärrning eller annan fotgängare ställde krav utan att vara medvetna om samma faktum. Balansen fick visa vad den gick för. Stegen mellan paret gick simultant och i en rask takt som fick paret att nästintill sväva fram över varierande kvalité av underlag. En balettuppvisning utan att stå på tå och svänga ut deras vackra armrörelser mot förbipasserande individer. Konstform i rörelse utan att varken ta inträde eller inse själv att den pågick i allra högsta grad. Pretentiös men ändå inte på grund av dess oförmåga att marknadsföra sin egen skönhet. Asfalten under skorna blev påmind om hur höga klackar skapar mörka toner mot den hårda ytan som var det enda den kände till. Varje steg ljöd ut mot butikers skyltfönster, mot klädesplagg som passerades eller mot bilarnas hårda karosser. Studsade runt och lämnade ljudspår som till sist lämnade marken och försvann upp mot den nu mörka himlen. I sprickorna i asfalten, fler än vad som kunde räknas ut, växte det små grönområden som ingen verkade vilja ta bort eller reparera även om de kunde eller ville. En typisk behandling som endast huvudstaden ägnade sig åt då det ansågs finnas poesi i allt levande och allt som inte innefattade rörelse eller liv. Mönster och naturligt skapande var delen av stadens siluett och livsfilosofi. Även om det praktiska tog skada av samma strategi. Invånarna fick ställa sig tillrätta i dessa led även om enstaka uppstickare ibland iscensatte motioner som skulle ta itu med bekymret att ibland dränka fötter i naturliga och minimala badkar som en trasig gångbana kunde skapa i samband med skyfall. Ingrid och Gabriel skonades under denna promenad hemåt, med ett par stopp inräknade. Kanske gjorde deras snabba takt att hoten undveks då fötterna svävade framåt. Hoppet av att hitta tillbaka fick Ingrid att lyfta från marken, även om det endast var för ett par sekunder.

Viadukten var som en oändlig tunnel med ett pris i slutet i form av ljus som redan bländade även om det var över hundra meter fram till regnbågens slut. Gångbanan skyddades från passerande trafik genom ett högt och robust stängsel som böjde sig ut över vägbanan där enstaka bilar passerade i en märkbart för hög hastighet. Dånet från bilarna ökade när deras resa närmade sig ljusets bländande vy. Tunnelns tak pryddes av hål i en slumpartad takt och där vatten uppenbart spridit sig tidigare och lämnat spår av sitt eget språk.

Ingrids nacke förblev böjd samtidigt som hon för
ett ögonblick släppt Gabriels hand för att ta in
målningarna som delade ateljé med vattnets
naturliga konströrelse. Enkla siluetter blandades
med detaljerade målningar som kommit till för att
stanna i samma tunnel. En fångenskap som ändå
innebar att se hur en pulserande stads hjärta
fortsatte framåt oavsett årstider eller väder. Under
tunnelns båge var deras skönheter skyddade från
allt förutom avgaser och nyfikna fotgängares
utsvultna blickar. En cyklist passerade som en
blixt på två hjul samtidigt som Ingrid gjorde sig
bekant med en målning som befann sig i mitten av
tunneln. Stegen hade släpat henne hit och Gabriel
stod väntandes i ljuset där Ingrid visste att livet
åter tog vid. En ringklocka hördes från samma
cykel när Gabriel inte gjorde plats för cyklisten. Ett
par dova glåpord på, vad Ingrid gissade var
svenska, nådde hennes öron där hon stod. I
samband med att trafiken avtog, hittade Ingrids
ögon in i ögonen på konstverket som spred sig som

ett rapsfält över en sammanhängande bit betong i
taket. Det var ett par vänliga skymtar av kreativitet
som berörde varandras längtan. Det kändes som
om fötterna lyfte från marken och att Ingrid kom
närmare de målade ögonen. Deras band avbröts av
att en armada av fordon körde framåt som en hord
av elefanter på savannen. Gallret som skyddade
Ingrid från vägbanans hotfulla asfalt vibrerade
febrilt när terrängbilarna snuddade metallens
mönstrade livlina. Gabriel stod och väntade när
Ingrid hittade till ljuset där världen åter började.
Han sträckte ut sin hand utan att se henne i
ögonen. Ett svagare band än det mellan konsten
och Ingrid.

Vännerna ringde i ett gruppsamtal i form av ett
parti som önskade hålla möte. De undrade ännu
en gång, som på beställning, om Ingrid kunde
tänka sig att följa med kommande kväll. Det var
dags för ett nytt äventyr. Partimötet och frågan var
mer ett krav än en undran, men det var en
underförstådd kravbild som gruppen skapat och

sedan inte kunde hejda längre. Ett skevt tåg som rusade fram med ett flockbeteende som ingen egentligen ville ta del av men med mössa i hand följde de varandras åsikter och förväntningar. Dit gruppen ville blev samtliga medlemmars tankemönster och påklistrade acceptans. Även om en majoritetsröst blev till en motsträvig rörelse, skulle chansen att synas utåt aldrig nekas på grund av gruppens tryck. Ett grupptryck som kunde pressa metall till små pannkakor. Denna gång var målet en nyöppnad nattklubb som erbjöd, enligt ägarna, någonting nytt och innovativt som en redan extravagant stad inte sett ännu. I gruppens chatt plingade en notis till och hemsidan till nattklubben dök upp på Ingrids skärm om hon ville eller inte. Under samtalet, redan över 30 minuter långt, höjdes tonläget från två av partimedlemmarna när Ingrid tveksamt frågade om det verkligen kunde vara lika bra som utlovades i texten på hemsidan som var i kursivt och i en guldig, nästintill beige, nyans. Bredvid texten blinkade olika logotyper med ljusdioder runt deras linjer. "Sei bereit" stod längst ner under den alldeles för utdragna texten om de underbara och underhållande nätterna klubbens interiör erbjöd. Texten garanterade en fantastisk vistelse. Tonerna från mobilens högtalare fick Gabriel att muttra i vardagsrummet samtidigt som han städade undan lunchens servis. Ingrid sneglade mot honom och bad tyst om ursäkt för att köket blev till en bastrumma fylld av exalterade planeringsfaser. Han nickade tillbaka och log själv ursäktande för att porslinet sjöng sin egen sång som kunde vara ett eget störningsmoment värt namnet. Gruppen kom fram till att alla deltagare skulle infinna sig under de guldglittrande bokstäverna kvällen efter den som var på ingång. Glatt tog samtliga farväl av varandra med exalterade lovord om kvällen. Ingrids blick stannade vid kökets tavla på väggen. Ängarna och himlen fick hennes andning att hitta hem igen till lungorna som undrade var syret tog vägen under samtalet. Grönt och blått. Oas för ögonen. Trygghet för själsliga vandringar och sökanden för en oinvigd. Tankarna på att befinna sig inom basgångar och ljusshower ökade samma hjärtas rytm till den gränsen att Ingrid ställde sig upp, gick snabbt fram till Gabriel som sorterade skivor. Hans armar runt hennes torso var alltid famnen som fick henne att komma tillbaka till verkligheten.

En stund bättre än flertalet andra. Nattklubben var, till Ingrids förvåning, en fin plats att befinna sig inuti. Gardiner täckte väggarna som hon visste var trista ursprungskolosser till den forna ägarens makabra försök till utmanande konst. Bakom en tung gardin visste Ingrid att ett porträtt av en abstrakt man fanns avtecknad. Hon log med faktumet att en helt ny miljö levde ut sina egna fantasier i det koncept som hon tog del av. Basen från musiken och en knivskarp diskant slog mot Ingrids kropp från alla möjliga håll. Högtalarna syntes inte till men gjorde sig minst sagt hörda när låt efter låt spelade annat än just den musik som ekade ut över hennes kontorslandskap vanligtvis. Rummens gardiner hanterade konst i musikform och vid nästa djupa basgång kunde Ingrid se hur gardinen närmast hennes vänstra arm, som höll i en rosa drink, vibrerade och fick sig själv att ändra form. Nattklubben hette en blandning av djurnamn och med ett leopardmönster på var och varannan plats insåg samtliga gäster att ägaren, eller att den anlitade inredaren, bestod till någon procent av besatthet kring vilda djur. Ingrids vänner befann sig ett par meter ifrån henne själv. Deras kroppar vilade ut, efter en redan lång kvälls dansande, i möbler som liknade djurgestalter. Den enda möbeln som inte var upptagen bland vännerna var en genomskinlig fåtölj med nedsuttna kuddar. För att vara en ny möbel måste den ha varit av det billigare slaget, tänkte Ingrid innan hon satte sig i densamma. Konversationen mellan vännerna var i sedvanlig ordning ingenting annat än att någon hade frågat någon om nummer eller användarnamn på en av alla applikationer. Ingrid ställde en fråga rätt ut i gruppens myller. "Seid ihr wirklich mit dem Leben zufrieden?" lämnade hennes mun och en tyngd från bröstet släppte som en sten faller ner från fem meters höjd ner i en sjö. Vännerna avbröt sin egen konversation då denna fråga tog tag i deras tungor och krävde interaktion. Ingrids neutrala ansiktsuttryck sa ingenting. Men huden färgades av laserstrålarnas olika färger. Grönt, blått, gult och rött. Ansiktet blev en färgpalett redo för ett svar.

Musiken fortsatte ljuda som kraftiga sändebud från höger och från vänster. Ibland nerifrån eller uppifrån. Kroppar slogs om tillhörighet på ett dansgolv som stundtals lyfte runt Ingrids egen kropp utan att hennes egna fötter nuddade vid marken. Hon tänkte på Gabriels favoritlåt som handlande om att lyfta från marken, men den sjöngs på svenska och hon kunde inte alla orden ännu. Melodin till samma låt liknade ingenting

som spelades inne i nattklubben. Om basgångar
och diskanter kunde öka sin makt, var kvällens
skådespeleri värt en statyett. Personen ansvarig för
musiken hade inte upplevt några som helst
hämningar under tiden som passerat sedan Ingrid
frågat sina vänner den skarpa frågan. Majoriteten
av gruppen förblev tysta och var mest chockerade
över att Ingrid kunde dra ner en påklistrad
stämning under deras gemensamma kväll. De som
ändå valt att svara henne bad om att få yttra sina
svar utanför lokalens högljudda ljudnivåer. I
armkrok hade de gemensamt sökt sig ut genom
klumpar av människor som alla verkade söka
någonting mer än deras tristess till upplevda liv.
Ingrid noterade att enstaka män stirrade på henne
men även på varandra. En oklar stämning som
blandades i en cocktail ingen egentligen ville
dricka eller beställa. Efter fyra minuters passivt
aggressiva försök till att ta sig ut, lyckades till sist
Ingrids vän leda dem ut i en ovanligt varm
vårkväll. Solen hade precis lämnat fasaden utanför

klubben och när Ingrid lutade sig mot densamma, med korsade armar framför sitt bröst, kände ryggslutet årets första naturliga värme smeka samma del av kroppen. Vännen tände en cigarett och tittade ut mot floden som slingrade sig bort i en oändlig rörelse. Hon förde samma gift mot Ingrid som artigt nickade och drog in ett långt bloss in i bröstet som skyddades av hennes armar. "Ich verstehe", sa vännen lågmält samtidigt som nikotinets restprodukt lämnade munnen och sökte friheten upp mot solnedgångens kappa. "Doch, ich muss sagen, dass es ganz unnötig ist, diese Fragen zu stellen, als wir im Moment froh sind", fortsatte vännen när cigaretten tagit slut och lättsamt lämnat handen för att bli naturens oinbjudna börda. Ingrid log i känslan av att vara konfrontativ i ett fint ögonblick. En känsla av att störa en dagordning som ingen egentligen ville följa. Kanske hade hon fel som betedde sig på det viset, men någonting inombords fick henne att känna en strävan mot att vara friktionen i maskineriet. När vännen sökt svar på sin egen fråga utan framgång och sökt Ingrids blick som fortsatte titta mot flodens glödande ände, tog vännen de korsade armarna i sin högra hand och började leda tvåsamheten in mot klubbens ingång. Med stämplarna på varsin handled accepterade vakten deras passage samtidigt som en annan vakt kom bärandes på två yngre förmågor som båda var blåslagna efter ett uppenbart bråk. Ingrid noterade inte vilka de var. Men hon uppskattade beviset som kom till henne och gav mer underlag till sin åskådning.

Klubbens väggar och gardiner tillät inga ljud att komma ut mot gatan eller tunneln som agerade entré. Därför var väggen som möttes i form av ljud ett slag i bröstet när de enorma dörrvakterna lät gäst efter gäst återgå till fri lek i det utspridda laserlandskapet. Ingrid och hennes vän dök ner i folkhavet genom att ta trevande steg för att undvika par efter par som funnit varandra för en natt eller för en hel livstid. Deras kyssar, som mer liknade en måltid än en romantisk gest, var ingen vidare syn i resan genom människornas grupperingar speglade en demografi där festligheter var den större drivkraften. Halvvägs genom folkmassan fick Ingrid syn på sin egen grupp som fortsatt befann sig vid en av soffgrupperna. Precis där hon lämnat dem. Skillnaden var nu att ett par män anslutit sig. De var en färre än Ingrids vänner till antalet. När hon kom närmare fick en av vännerna glatt syn på Ingrid och höjde ett glas med mousserande dryck i luften. I sin andra hand höll hon ett minst lika fullt glas. Ingrid tackade artigt och tog emot glaset med sin högra hand samtidigt som hon tog spjärn mot soffans rygg. Nonchalant drack hon en klunk från det söta och bubbliga vattnet med alkoholens inbjudna gäst. Blicken var fäst mot den ansvarige för musiken samtidigt som vyn avbröts stundtals av passerande par som även de hittat en temporär framtid i varandra. Ingrid drack en klunk till och blundade snabbt för att känna ett lugn från musiken i lokalen och konversationerna som pågick frekvent runt gruppens bord. När blicken återvände till sina vänner möttes Ingrids blick av en av männens. En bekant känsla dök upp i kroppen och fick Ingrid att stanna upp i sina flyktiga tankar. Ögonen var ett nytt hem utan förklaring. Samma ögon berörde Ingrids tredje sinne ett par veckor tidigare. Ett oskyldigt leende spred sig över ansiktet hos främlingen. Ingrid avvaktade innan hennes egna läppar gav tillbaka samma meddelande. Ingrids överläpp lade sig förslutet mot sin undre och höjde glaset mot samma man. Hans arm sträckte ut sig med gyllene vätska i glaset som enkelt vilade i handen. De log igen mot varandra. En laserstråle skar av armen imaginärt innan den hunnit tillbaka till soffans rygg.

Läpparna smakade av alkohol och fläder. Mjuka och nyinköpta duntäcken liknade samma hud och motstånd. Ett förbjudet bär som skrev sina egna förbudslagar när Ingrids läppar sakta mötte främlingens en gång, sedan två gånger och en tredje gång. Käkarna som hälsade på varandra vilade i korta stunder och andetagen genom näsorna suktade efter mer när kyss efter kyss slogs om uppmärksamheten. Innergårdens sorl tonade ner mystiken, men också det uppenbara, som pågick mellan Ingrids skarpa intentioner och den som mottog hennes kyssar. Vad som nu skedde var Edens lustgård på helt fel vis, eller rätt, beroende på vem som bedömde. I mitten av gården brann en rund eld vars lågor såg ut att nå himlen i ögonvrån på de nyfunna själarna. Alkoholen som agerade hinna på Ingrids tunga var en skyddande barriär mot ett svek hon själv skapat gentemot sin partner. Om samma mängd alkohol nådde elden skulle klubben med all sannolikhet explodera i skyn och ta samtliga besökare med sig. Ett farväl till lustar, löften samt felsteg. En hand placerades på Ingrids ryggslut och levde sitt egna liv där, gjorde sig hemmastadd och letade sina egna drömmars mål. Skrev sitt namn och frågade om detta var genuint.

Sensationen sökte sig från höft till nacke. Håren på samma nacke reste sig i samband med vågen av närhet. Beröringen, förutom den mellan Ingrids munhåla och främlingens, gjorde att hon instinktivt avbröt den tillfälliga passion som uppstått i kylans möte med eldens värme. Ögonen analyserade ansiktet hos främlingen innan läpparna formade en förklaring till det abrupta avslutet. "Schuldigung, ich bin ganz betrunken, ich muss gehen", hörde Ingrid sig själv säga till främlingen med hennes läppstift runt munnen och på kinderna. Samma nyans syntes till med spår på halsen. Hans blick fylldes med förvirrade frågor men hon fann inga svar i den samtidigt förvirrade stunden. Handen i ryggslutet tappade sitt fäste och drömmarna som den skapat på samma plats blev kastade in i den öppna elden som fortsatt brann passionerat. Brutalt brann deras skepnader upp och Ingrid skyndade iväg. Smaken av fläder dröjde kvar på tungan ända in i taxin som tog henne hemåt efter att hon hämtat ut sin jacka och glömt att säga till sina vänner. Ingrids blick sökte, som främlingen, svar på frågor när samma blick dansade längs med fasader på stadens gator som taxin motvilligt tvingades anpassa sig kring. Vad Gabriel skulle tycka fanns inte med när ett trafikljus, med sitt röda sken, täckte Ingrids ansikte genom sidorutan. Ett snabbköp till höger om hennes vy fick Ingrid istället att tänka på vilket som var hennes favoritpotatischips.

Kapitel tre.

Morgonens ljus hittade in genom springorna hos de trasiga persiennerna. Täcket slöt sig som en brandfilt runt Ingrids kropp. Värmen inuti kroppen och på huden dämpade tillfälligt huvudvärken som väntade med sitt första anfall hos den dumdristiga individen. Ett halvdrucket vattenglas stod intill Ingrids högra axel på ett nattduksbord som sedan länge borde ha bytts ut. Vattnets yta låg precis lika stilla som Gabriels kropp på andra sidan av parets säng. Hans kropp var riktad åt det motsatta hållet och siluetten av överkroppen avslöjade, med sin lugna andning, att Gabriel fortfarande sov. Klockan intill vattenglaset visade strax efter nio genom sina ljusblå siffror och söndagens första timmar hade redan passerat. Ljuset genom persiennerna skrev ett par abstrakta bokstäver på väggen som Ingrids ögon observerade samtidigt som hon tog en klunk från glaset. Vattnet smakade av sött och salt med toner av vattenmelon. På botten av samma ljusgråa glas i högerhanden noterades ett par smulor av vitt pulver. Huvudet bultade och bultade till det att Ingrid fick ge vika och söka sig tillbaka mot kuddens svettiga örngott. En snarkning kom från Gabriels håll. Sedan en till. Ingrids ögonlock krävde att få sluta sig kring ögonen och vila ett tag till. Men samvetet tvingade in hennes sinnen till en tävling om att hitta sprickor i ett mörkblått gipstak. En spricka efter en annan noterades. Detaljer som skulle ha reparerats vid inflyttningen men som blivit förpassat till framtiden. Längs väggen gick en spricka bredvid takets slutpunkt. Ingrid blev frustrerad av att varje hjärtslag skakade synens balans. Hennes händer vilade ovanpå täcket. Fingrarna tog sig inga friheter. För varje vibration greppade hon täckets mjuka material för att finna någon form av balans. En påtvingad systemåterställning som nekades vid varje nytt försök. Ett ögonlock började sluta sig kring ett av ögonen. Halvvägs ner åkte det beslutsamt upp igen för att hållas tillbaka, gömt under pannan.

Samvetet tillät inte Ingrid att vila igen. Den salta vattenmelonens laboratoriesmak fick henne att vilja springa till toaletten och kasta upp magens innehåll. Men benen var tillräckligt uppvärmda för att inte reagera på snabba beslut. Huvudet bultade som en jordbävning och kroppen kastade upp vatten ner mot golvet på sidan av sängen. Överkroppen fick styrkor den saknat. Projektilen träffade mitt i prick i städhinken. Plastens yta stod emot det flygande innehållet. Strategiskt placerad av en partner som kände sin egen partner, i synnerhet efter en utekväll. Ingrid torkade av munnen med sin handrygg och vände sig mot Gabriels sida. Han sov fortsatt trots hennes ljudspektakel.

Armarna runt Ingrid i den sydtyska staden för flera år sedan hade varit exakt den trygga punkt som hon länge saknat. I sitt liv var frånvaron av närhet påtaglig i perioder. Stunder när inga medel hjälpte mot ensamheten och det sociala kravet som egentligen aldrig varit en melodi som hon ville ta ton till. Karriärer, betyg, förväntningar och förhoppningar var motsatsen till det som Ingrid hoppades var livet. Att finnas till i nuet med en stolthet att andas var hennes filosofi. Ingen individ lyckades förkroppsliga dessa målbilder under åren som gick i hemstaden eller på flykt i städer där ny kunskap skulle inhämtas. Om Ingrid hade lärt sig någonting nytt var det huvudsaken. Vartåt samma kunskap skulle leda var oviktigt och gav henne ingenting i det ögonblicket som hon valde att befinna sig inom. När arbetet startade i den sydtyska staden flera årstider innan den som nu ägde naturens progress, fann hon äntligen en hemvist större än världen. Mer konkret än vad hon kunde ha hoppats på. Gabriels ansikte och rörelser var en hälsning från tryggheten själv samma dag som deras ögon möttes på kontoret. Med sin tydliga försiktighet var han en motpol till det som Ingrid kommit att avfärda närmande efter närmande. Hon ville någonting annat och när den nervöse men handlingskraftige svensken fann hennes synfält var det som om ett abstrakt kontrakt signerades. Pennans bläck hann knappt torka innan Ingrid dök ner i havet som nu skulle bli hennes framtida planer tillsammans med en annan. Gabriel var allt och mycket mer. Även om hon inte hunnit ta reda på mer än en bråkdel av hans person under tiden som deras arbete skedde sida vid sida. Den första kyssen mellan svensken och den sökande tyskan blev mer än en dröm. Bägge parter beskrev inför vänner hur en gnista tändes och tog dem vidare mot möjligheter de inte kunde ha föreställt sig själva. En laglig drog redo att skapa nästa rus. Genom svårigheter, genom två liv som blev ett gemensamt. Efter att relationen blivit till en grundsten att bygga fler drömmar på, beslutade paret att lämna sin egen romantiska siluett. Flytten blev till fler resurser i landets huvudstad och till vänner som innan Ingrid och Gabriel tagit steget att utforska vad samma stad kunde erbjuda. Karriären hamnade till sist i fokus även för en motsträvig Ingrid som fortsatt trodde och hoppades på att livet handlade om det kreativa. Den sidan som fått henne att falla djupt för Gabriels egen konstnärliga rymdresa. Paret höll händer när dörrarna till deras nya hem öppnades upp. De lovade varandra att stötta deras respektive målsättningar och finnas för varandra när vinden skulle tillta i det som komma skulle.

Kökets radio spelade musik efter musik. Solen hälsade sig själv välkommen till en ny dag för flera timmar sedan. Att ta sig från sängen till köksbordets uppdukade frukost blev en månlandning med komplikationer. Huvudet värkte, nacken var stelare än någonsin och ett av benen hade somnat till följd av en underlig sovställning. Blicken orkade inte bemöta förmiddagens ljus, utan ögonlocken tog över ratten ett par sekunder åt gången för att lindra huvudvärken som åter tog kommandot. Varje hjärtslag blev en ny käftsmäll mot ett tappert fokus, en svikande hand som tappade greppet om varje nytt löfte om stabilitet. Ingrids huvud och självförvållade mående fick inga supportrar när ett glas med juice placerades framför henne. Sedan en tallrik med äggmackor. Som ett crescendo kom skålen med fiberflingor, täckta av yoghurt. Med en strimma av honung ovanpå, precis som Ingrid älskade att äta samma flingor. Magen vände sig inombords vid åsynen av all föda som önskade ge energi och ta henne någonstans i en redan dödsdömd helgdag. Munnen var torr som en öken när läpparna slöt sig runt glaset med juice. Beskheten från apelsinen fick Ingrid att grina illa och när ögonen åter sökte en punkt i köket att fokusera på, fann de Gabriel sitta med en egen macka i sin egen hand. I den andra vilade en tidning lätt. Som om den alltid visste vad den skulle göra för att lugna sin herre. Ingrid granskade hela Gabriels kropp som var klädd i en enkel utstyrsel som skickade signaler om att dagen innehöll alla möjligheter. En tugga av Gabriels macka fann sin plats i munnen som lättsamt tuggade brödet och dess pålägg in i en evig glömska. Föraktet Ingrid kände visste inga gränser och frustrationen fick henne att utbrista: "Musst du wirklich so nervig fressen??". Gabriel tittade på henne med en ny stor tugga inuti sin mun. Hans huvud skakade åt sidorna samtidigt som Gabriels egen blick granskade Ingrid. Hans mun sa ingenting även om den ville. Käken stannade till för att kontemplera ett svar på ett utspel. På radion spelades en ny låt, den lilla delen av texten som hördes handlade om att förlåta sig själv. Även om det kunde vara för sent.

Eldstadens lågor sträckte sig till taket och skrev sina skiftande namn på plåten som utgjorde en bur som utlovade frihet. Ett svagt dunder i ljudform noterades av Ingrid när blåsten utomhus tog sig in i lufttrumman och försökte kväva eldens olika ämnen som till denna stund ansetts sig äga samtliga luftpartiklar. Eldens lågor trycktes ner till korta berg, darrande skepnader som ryggade tillbaka av syrets hastiga intrång. Vinden stormade mot vardagsrummets fönster och lågorna i eldstaden blev allt mindre. När de såg ut att erkänna sig slagna, fick syret en ny effekt. Lågorna reste sig som en fågel Fenix och sträckte på sig. Som en hund som precis vaknat och är redo att söka sin vattenskål. När sömnen motvilligt får ge dagens utmaningar fria tyglar och tillåta utmaning efter utmaning att testa den som kommer deras väg. Ur eldens återuppståndelse kom knastrande ljud från vedens olika former. Ett dovt knaster möttes av ett tydligt fall när ett vedträ föll från toppen ner mot bergets bas. Lågorna smekte samtliga delar av berget gjort av trä ju mer vinden lugnade ner sig utanför det som blivit en kreativ högborg. Ingrids ögon sökte sig från elden en kort stund för att observera vad Gabriel skapade på sin canvas som stod uppställd framför honom. Staffliet hanterade knappt tavlans omfång där den vilade mot den trebenta konstruktionen. Vid varje rörelse i närheten av den instabila zonen, darrade tavlans uppspända bomullstyg lika ihärdigt som Ingrids känslor när tanken på hennes handlingar hittade rakt in i centrat för rädslor och ångerfulla meddelanden. Gabriels blandning av rött och vitt blev till en lugn rosa nyans som snart spred sig över en bomullsyta som inte längre darrade. Den tog emot en kreativ tanke och lät den stanna på dess behandlade hud. Gabriels högra hand höll i en av kortsidorna på den rektangulära konstruktionen. Stabiliteten i hans grepp, samt i hans process att skapa, gjorde Ingrid lugn. Penseln tog för sig av allting som fanns att se. Ett tecken på att det inte fanns någonting att frukta innanför dessa väggar och med Gabriel nära. En tiger som valt att sluta skämmas för det som den trodde på i det som bevisligen är en skyndsam tid i livet och i kärlek. Hans mål i livet var att komma framåt mot sina egna drömmar, tillsammans med Ingrids egna ambitioner. En insats tillsammans. Vilka ambitionerna var hade hon nästan tappat bort i stunderna som skett senaste tiden. Personen som trott på alla ord började sakta sjunka ner i en drömsk lera för att bli kvar där i dess våld utan möjlighet att ropa ut sitt namn eller ropa på hjälp. Ovetandes om hennes svek och tvivel, blev tavlan framför Gabriel sakta till en målning. Innan tygets färger torkade med sina nyanser av rosa och vita inslag, var tavlan redan på väg att bli ett nyskapande verk.

Mobilskärmen var överfylld med notiser från gruppchatten när samma skärm hämtades från sin laddningssejour i ett ljust sovrum. Gabriel hade bäddat sängen på det ordnade vis som Ingrid ville ha det. Kuddarna stod uppställda i givakt och filten vid fötternas hemvist var vikt på exakt det sätt som Ingrid instruerat sin partner kring. Mobilen vilade i handen när munnen formade ett leende över det faktumet att Ingrid levde med en lyhörd och vacker person. Värmen från det uppladdade batteriet i mobilen skickade placebo till resten av kroppen och den fylldes av värmevågor. Stegen bar Ingrid in i vardagsrummet och hon slog sig ner på soffkuddarnas nyligen städade ytor. Fyllningen tog emot hennes fall och huvudet fann sin egen plats mot de prydligt placerade kuddarna i viskos. Nackens hud kände den smått nerkylda textilen och skickade en rysning ner längs ryggraden. Samtidigt började blicken följa tråden av meddelanden i chatten som skapade ett linjärt pussel över en nedtonad ljusstyrka. De första raderna handlade om att en av vännerna införskaffat ett nytt vin som skulle komma väl tillhands vid nästa middag. Det följdes upp av samma vän med ett par rader om att en städfirma bokats in efter många om och men. Kostnaden skulle vännen och sin partner självklart hantera, menade pratbubblan efter den innan. En annan vän fortsatte på tråden om viner. Exklusiva viner fanns i hyllan och alla var välkomna vid möjlighet för en utdragen provning med tilltugg. Den tredje vännen utlovade att ta med samma föda vid nästa gång och den första vännen frågade Ingrid, genom att markera hennes namn, hur det gått med den nya personen som Ingrid delat nattklubbens intima timmar tillsammans med. När frågan lästes av ögonen, som vilade mot kuddens nu kroppsuppvärmda textil, gick en ilning genom samma kropp. I morgonstunden var omvärlden ingenting att bekymra sig om. Men genom mobilens forum kunde samma onda värld, med sina lustar och svek, titta in. Ingrid ignorerade meddelandet med sitt namn. Hon frågade istället om någon av vännerna hade några tips om vad Gabriel kunde tänkas få i födelsedagsfest. Bubbla efter bubbla radades upp på skärmens dioder. Ett sicksackmönster skapades när Ingrid bemötte deras råd med korta svar i stil med "Naja" och "Genau, danke" per automatik. Hennes egna bubblor kunde lika gärna ha varit moln som sökte sig ut ur den virtuella världen och tog sig till friheten utanför lägenheten. Hur det skulle gå till eller om det ens var en värdig fantasi visste inte Ingrid. Hon vilade huvudet än mer mot kudden och lade ner mobilen mot bröstbenet.

Vibrationerna från chatten vaggade in henne i en oas av tystnad och grund sömn. Gabriels musik, som ackompanjerade målandet som inte upphört sedan en timme tillbaka, dämpade vibrationerna som avtog efter två minuter. Vad vännerna ville orkade Ingrid inte ta reda på. Hennes blick vilade på en skapande partner. Sedan tog soffan över hennes kropp och bad om att få hjälpa henne framåt i nuet.

Gabriel fick ett telefonsamtal och lämnade vardagsrummet efter att ha torkat av en fjäderpensel på sin målarkappa. Han suckade högt och röstens svaga bas studsade mot väggarna prydda med deras gemensamma konstnärers bästa verk i affischformat. Träslagen kring desamma dämpade majoriteten av ljudvågorna. Stegen, kvicka och frustrerade, från staffliet och mot kökets annorlunda golv flöt fram utan att grannens tak fick veta att rörelse skedde. Inget bankande med eventuell kvast hördes möta stegen som skett flertalet vändor tidigare. En nervös och ljudkänslig komponent till granne som aldrig setts till under passager i trapphuset. Men som det mesta annat som paret vant sig vid var en temporär kvasts missnöje ingenting nytt. Gabriels röst hördes från köket svara upp mot en röst på andra sidan telefonlinan. Dörren mellan kök och vardagsrum stängdes med en enkel rörelse med hjälp av handen som inte var upptagen att lyssna till rösten i telefonen. Mumlet tilltog i perioder och efter ungefär tre minuter blev det stilla. Ingen Gabriel som svarade upp mot någonting. En stol strök golvet inne i samma rum och lät precis som när klassrummen i barndomen fick lov att gå för dagen. "Und jetzt?" var den enda raden som gick att urskilja ur ett samtal som lät som en konversation inuti en luftbubbla. Tystnaden fortsatte och i sin egoism började Ingrid skapa en panik inom sig. Kunde det vara ett samtal om det som skett? Varför var det tyst i långa stunder? Hennes tankar började skaka inombords och en våg av ångest flöt som Amazonas genom känslobanorna. Gabriels röst mötte ytterligare information och stolen tillät samtalet att avslutas i samband med ett liknande ilande ljud. Dovt hördes stegen komma mot dörren som skiljde framtiden från dåtiden. Nu var det troligtvis slut på det som funnits hittills. Gabriel och Ingrid var nu historia. Enligt antaganden från ett samtal ur en syrefattig bubbla utgick Ingrid att behöva möta ilska och besvikelse när Gabriels ögon mötte hennes. "Meine Mutter ist tot", och tårar började rinna som sirap utan smak på Gabriels kinder.

Efter tre rörelser på skärmen med tummen, dök ett nummer upp och täckte färgerna med sina vita tecken. Vibrationerna fick huden runt motoriken gömd i mobilens konstruktion att darra. Vibration efter vibration som härskade fritt fysiskt och verbalt. Teknisk terror som kommit oväntat. Den stora röda knappen längst ner blev obotligt attraktiv, vilket fick Ingrid att trycka på densamma utan tvekan. Ilningarna återkom och hennes blick fastnade på skärmen som nu åter visade en hemsida om galleriutställningar. I jakt på tröst till sin partner blev det ytliga sökanden som Ingrid kunde bäst. Om en del av sin partners strävan kunde underlättas av henne själv, kanske denna stund blev enklare att genomleva. Gabriel befann sig i sovrummet efter att paret suttit i två timmar i tystnad förutom sporadiska moment av gråt. Gabriels mamma hade inte varit en mamma för enbart Gabriel och hans syskon. Hon var en gestalt som kommit att bli ett av de mest stabila skeppen även för Ingrid i hennes egen strävan i sitt egna liv. Gabriels hand låg svag i Ingrids hand under de två timmar där han inte rörde sig mer än under tunga, sorgsna, andetag. Läpparna mötte en tårdränkt kind hos en sorgsen man. Pannan fick ta emot samma behandling flera gånger, men av självklar anledning nådde kyssarna inte in på det vis som de brukade. Famnen värmde inte på ett vis som den hoppades kunna göra som alla gånger innan. Gabriel valde att låta deras händer bli länken mellan sorg och stöd. När hans tunga kropp reste sig upp för att få tid för egna tankar, tittade han djupt in i Ingrids ögon och log ett svagt leende. En kyss mellan varandra och ett dovt "Ich bin gleich da" fick Ingrid till sig. Ett bevis att de gav varandra stöd på det vis som var möjligt utifrån en förlust obeskrivbar. Sovrummet förblev stilla och Ingrid satt kvar med sin skärm. Inga nummer dök upp och det skapade frid resten av dagen.

Drejkursen var överfull med deltagare i mild extas. En efter en roffade händer åt sig material som lera, knivar, vatten och skedar. Fotstegen mötte varandras ljud och måndagens äldre timmar var en ny syn för veckans begynnelse. Ett av fotstegen tog stopp vid Ingrids kropp när ägaren till fötterna uppenbarligen tappat balansen. I stöten med Ingrid föll personen till marken och hann inte ta emot sig eftersom famnen innehöll grunden till en hel terrakottaarmé. Lokalen blev tyst för ett par sekunder när hetsen insåg sina konsekvenser. Sedan började de sista materialen på hyllorna samlas in och till sin förvåning fanns ändå tillräckliga medel kvar till Ingrid. Hon reste på sig efter att ha hjälpt den fallna deltagaren upp från marken. Fotstegen från arméns framtida grundare fortsatte mot sin plats utan att tacka för hjälpen. Ingrid sökte de få redskap som stod kvar på de enkla hyllorna med tydliga förslitningar. Bokstavliga märken efter småskalig kamp fanns på en av hyllorna där skedarna huserade. Ingrids händer fattade grepp om det hon behövde med ett snett leende på ansiktet. Alla saker samlades i en liten hink som hon själv tagit med för att inte behöva gå samma öde till mötes som åter skett vid hennes plats. Med garantier om att inte falla eller glömma någonting, kom Ingrid tillbaka till sin plats för att göra sig i ordning. Tystnaden i rummet, som innefattade över 20 personer, berodde på hennes förberedelser. Men hon kände ingen stress, skapandet fick vänta för samtliga om nu Ingrids aktiva vägran att delta i stressen var ett bekymmer. "Lass uns endlich anfangen!" ropade kursledaren ut när Ingrids falska krukmakeri stod färdigt vid knähöjd. Lokalens väggar gav vika för en ny ljudvåg och Ingrid märkte att hon inte var på humör att skapa en enkel och vänlig skulptur för sociala medier att hylla. Samtliga intryck från helgen som kom innan var tunga att bära. Hon tänkte nästan hela dagen på sin Gabriel som bar runt på sorg obegriplig att föreställa sig. Tiden som fanns i livet var kort och det fick Ingrid att tänka på sin mamma under tiden som leran formades av hennes fingertoppar i en tornadorörelse. Det var dags att besöka hemstaden. Även om det kunde vara dagens mest felaktiga beslut.

Dagarna som följde blev till planeringsfaser mer än känslomässiga resor kring alla nya förutsättningar. Gabriel sökte olika lösningar på att kunna närvara i Sverige kring sin mammas bortgång. Resterande delar av livet som paret kände till fick sättas på paus. Ingenting annat kunde eller fick vara särskilt aktuellt då nedslaget av nyfödd sorg präglade Gabriels alla ord och tankar när Ingrid försökte finnas till. Hon erbjöd sig att följa med och hjälpa till i landet i norr, men enligt sin partner ville han inte lägga den bördan på även hennes axlar. Gabriels pappa och släkt skulle gå igenom det mesta lagom till att Gabriel själv kunde vara på plats. Det lugnade synbart Ingrids tankar då samma lugn infann sig hos Gabriel när stödet noterades finnas i närheten. Till sist lyckades Gabriel hitta biljetter till ett ruinerande pris och bokade sina platser. Hans avfärd skulle bli om två dagar och det innebar att Ingrid stannade kvar i en ensam lägenhet. Hur länge Gabriel skulle bli borta visste ingen av dem, men så fick planen se ut. Paret hade inget val. Ingrid hjälpte sin kärlek med det som gick att vara en tvåsamhet kring även om hans egen planering antogs fungera. Men vanan trogen kompletterade de varandra väl och Ingrid fanns med i all stress och ovisshet. När Gabriel lämnade landet under avfärdsdagen, tog Ingrid farväl genom en lång kram och massvis med pussar. Hennes ord i hans öra handlade om att förbli lika stark som hon visste att Gabriel var. Avskedstårar låg täta på varandras ansikten och en sista puss blev styrkekramarna som Ingrid önskade att hon kunnat ge väl på plats när sorgens kappa blev allt tyngre. Gabriel fick bestämma kring detta, och Ingrid skulle göra allt hon kunde för att visa att deras kärlek var starkare än någonsin. Sverige fick vänta, och stillheten i lägenheten gick att ta på när ytterdörren låstes efter Gabriels ekande steg i trapphuset.

Promenaden runt Wannsee gjorde mer än vad Ingrid kunde ana. En enorm vattenpöl utanför staden som svalde bekymmer och funderingar som om de aldrig existerat. Grusvägarna varvades med asfalterade motsvarigheter. Familjer och cyklister passerade förbi Ingrids rogivande takt som om de andra hade bråttom till någonting. Varje steg blev enklare när tanke efter tanke kastades ner i sjöns oklara djup. De seglade ner som pappersark i ett förbjudets arkivs trapphus när verksamheten avslöjats och ansetts vara över. Ingrid kände ingen äkta sorg över vad som skett senaste tiden. Hennes handlingar upplevdes som berättigade i ett levnadssätt som tagit stopp. En frontalkrock som sminkats över med billigt smink och sedan låtsats ha varit en scen ur en kortfilm. För varje steg byggdes ett självförtroende upp som fick Ingrid att hämta mod. Hon ville berätta att hennes inre börjat tveka men att en förhoppning om ordna det som inte var bra fortfarande fanns inombords. Att hon var en individ som kämpar för kärleken även när den är på väg att dö ut. Orden fick stanna kvar i strupens naturliga röstsystem under tiden som Gabriel inte fanns i närheten. Formuleringar och hänsyn tänktes över. Hur orden inte skulle göra skada var en omöjlighet. Och sorgen som Gabriel bar på i nuet var en fiende mot framtidens positiva utsikter. En timing omöjlig att förutse för Ingrid då våren rusat fram utan att fråga om lov. Tagen på sängen med känslorna och frågorna i famnen vilade hon på en parkbänk när solen blev en närvaro för stor. Familjer och cyklister passerade utan ljud på gruset som skapat svallvågor under Ingrids egna steg. Ljudlöst analyserade blicken sjöns rörelser som bröt den lugna ytan. Vågornas och vindens dans fick Ingrid att tänka på annat ett tag. Under samma paus från framtiden lät hon händerna vila på låren. Svettpärlor bildades sakta på händer, ben och panna.

Kapitel fyra.

Bussen stannade till mer dramatiskt än vad Ingrid
någonsin hade gjort själv. Om hennes karriär varit
på väg i riktning mot att föra passagerare framåt i
en överdimensionerad bil. Långdistansföraren var
eventuellt trött på att lyssna till den sydtyska
damen längst fram på rad två. Från huvudstaden
och fram till en annan gigant till stad var hennes
stämma fronten av ljud. Fråga efter fråga.
Obesvarad fråga efter obesvarad fråga. Kvinnan
missade att läsa skylten vid föraren med vilja. Ord
om att inte störa den som var ansvarig för
samtligas liv genom ratten. Även om dramatik var
Ingrids andranamn var inbromsningen lite väl
tilltagen men nödvändig för resterande resenärers
skull. Den fysiska slutpunkten blev på ett vis en
tydlig punkt för hennes egen resa och en notering
om att det var dags att stiga av tillsammans med
fåtalet andra. Väskorna till de som klev av
tillsammans med Ingrid fördelades enligt
ägandeskapet och en av resenärerna nickade mot

Ingrid med ett dovt leende när deras ögon möttes. Rullväskan i personens hand fick asfalten att spela en usel melodi tillsammans i mötet med plasthjulen. Takten blev ingen vidare när väskan hamnade på snedställ efter att ett av hjulen träffat en sten. Kan det ha varit en gammal klasskamrat? Kanske en gammal vän? Åren gick för snabbt. Ingrids egna väskor stod på trottoaren innan hon hann reagera. Föraren hade lämnat sin post som frälsare och makthavare över bussen ett par minuter för att röka en cigarett och samtidigt hjälpa Ingrid med sina väskor ur bagageutrymmet. Hon tackade artigt och chauffören mötte hennes ord med sina egna bokstäver, präglade av en smått oklar dialekt som osade nordvästliga vokaler: "Willkommen in Wiesbaden".

Staden var sig lik, i alla fall det som Ingrid kunde se kring busscentralen och de hus intill som aldrig verkade vara i behov av upprustning. En relik värd att behålla i sitt ursprungliga skick, en fossil från en värld som blivit till dåtidens högsta rum utan att någon egentligen kunde argumentera för bristen på arkitektonisk ambition. Inne i centralstationen, som alla busspassagerare motvilligt behövde tränga sig igenom som segflytande cement, var dagen i full färd med att uppfylla sina deltagares önskningar eller farhågor. Ingrid tog rygg på en av sina omedvetna bundsförvanter som visade sig ha en särskild talang när det kom till att tränga igenom folkmassor. Vid avgångsskyltarna stod människor med böjda halskotor för att leta febrilt efter sin egen avgång. Muren av observatörer var ingen utmaning för varken förvanten eller Ingrid när de båda passerade i ett släptåg version mindre. Entrén, till en trots allt vacker station, tronade som ett ljus och stegen smattrade mot det glansiga och väldiga golvet inuti samma byggnad. Ingrids kompanjon klev snabbt åt vänster när det verkade som om de tillsammans skulle nå sitt slutmål. Stegen hos Ingrid fortsatte framåt men hon hann notera att den okända personen, som inte visste om sin egen talang att undvika människor, snart försvann in i en typisk och generisk bakverksbutik som spydde ut kaffedoft och en tung dimma av vitt bröd. När inget nytt på brödfronten fanns kvar, stod Ingrid till sist utanför i dagsljuset efter att ha bråkat med den massiva porten till resenärernas portal. Handtaget hade försökt stjäla hennes axelremsväska utan lyckat resultat. Även stadens siluett på denna sida var mer att önska, men det höll Ingrid fortsatt för sig själv. Hon ville inte såra någon med sin huvudstadsfilosofi.

Gågatorna osade av friterade bakverk eller av avloppsutgångar som inte täckts under ett par veckor av arbeten på den mest använda av gatorna. Människor passerade på huvudgatan ungefär som om de var jagade av kommersiella demoner som bad dem inhandla allting de fick syn på. En påse gjord av återvunnen plast slog till Ingrid över knäet när en av dessa jagade personer försökte undvika henne i sista sekunden. Främlingen bad om ursäkt i samma rörelse som den oskyldigt attackerade Ingrid med sin mjuka tröja innanför ett nytänkande återvinningsprojekt. En annan person på gågatan gick i en långsam takt som fick resten av den stressade horden att sakta ner för att finna kryphål för att hitta en väg runt deras upplevda fiende och stoppkloss. Borden som sålde allt från hela världen stod precis intill fasaderna som tillsammans skapade gågatans slingrade karaktär. Samma form gjorde det omöjligt i perioder att ta sig förbi personen framför sig i kombination med mötande, mänsklig, trafik. Frustrerade stön bakom det långsamgående fordonet i form av personen fortsatte. Ingrid gick i lugn takt efter ett tåg av människor som blev fler och fler. Plötsligt uppnådde stressen ett lugn inte likt den kalabalik som tidigare var gatans rytm. En av alla försäljare fick ögonkontakt med Ingrid som observerade fasaden närmast henne. "Probier mal!" ropade mannen till henne och höll samtidigt fram en korvbit på en steril gaffel. "Nee, danke, ich bin leider Vegetarierin" svarade Ingrid och fick ett dystert ansiktsuttryck inbakat i ett ljudlöst svar av samma man. Hon log dock mot honom och bad om att få köpa ett av de bakade bröden som stod intill hans uppenbara passion. Med två gemensamma leenden tackade de varandra och Ingrid fortsatte vidare. Gågatans puls var tillbaka till sin hetsiga takt och hjälten som dragit ner på stressen fanns ingenstans att se.

Ingrids mamma ställde fram gryta efter gryta på ett matrumsbord som inte ändrat sig efter alla år av middagar och bjudningar. Under duken kanske det fanns spår av barn, vuxna anekdoter samt andra fysiska spår. Men känslan av att sitta intill bordet och vila sina armbågar på en massiv skiva var mer bekant än vad Ingrid kunde minnas. Hennes ögon vilade på duken som var kliniskt ren, ett spår av soja eller kaffe fanns dock i ett av hörnen som vilade mot ett av bordsbenen. Ingrid påpekade inte åsynen av defekten även om det var det enda som hon ville nämna till hennes föräldrar samtidigt som de slog sig ner på varsin ledig sida av bordet. Ytorna framför Ingrid upptogs av olika rätter. Det var som om hennes mamma planerat denna måltid i år trots att Ingrid hört av sig om att få hälsa på bara två veckor innan hon nu satt på sin traditionsenliga plats. Ingen vid bordet sa någonting till varandra förrän föräldrarnas tallrikar liknade berget Zugspitze med en snötäckt hinna högst upp med riven parmesan. Ingrids hunger var inte stor, men hon fann ändå sin egen tallrik vara fylld med innehåll från de olika grytorna och burkarna som mamman prydligt placerat fram. "Ich bin kein Kind", sa hon motsträvigt när hon till sist var den första att öppna munnen kring bordet. Någon av hennes skapare hade tagit sig friheten att fylla tallriken. Föräldrarna, hennes mamma främst, tittade på henne med frågor skrivna i sina ansikten. Pappan tittade snabbt ner mot sin tallrik och öppnade munnen för att delge densamma mat, inte för att ge Ingrid ett vuxet svar. Mamman däremot svarade kvickt och med en raspig stämma efter år av cigaretter i ett kallt krigs spår. "Was ist mit dir los? Du musst ja doch essen, oder? Ich hab' die alle für dich gekauft und selbst gekocht", meningarna haglade från mamma till dotter. En underton av fräckhet och otacksamhet färgade mammans ord. Ingrid tittade sin mamma i ögonen och sökte förgäves sin pappas motsvarigheter. Hon gav upp att formulera ett svar och följde pappans exempel. En inlagd gurka hamnade snart i munnen när tystnaden kom tillbaka vid bordet. Den mörkbruna fläcken på bordsduken skrattade åt henne samtidigt som den syrliga smaken spred sig. Tuggorna följde snart varandra och inga frågor blev uttryckta.

Stegen mellan barndomens hus ekade i nattens tystnad. Regnet hade precis upphört att färga asfalten med en mörkare nyans än den egna. Vid gatlamporna fanns små blommor som måste ha dykt upp senaste dagarna. Värmen från dagens första egentliga vårstrålar spårades tillbaka till dessa yttringar av naturens näringsprocess. Ingrid gick långsamt och visste inte egentligen var hennes promenad ville eller skulle ge henne. Hon behövde komma ifrån föräldrarnas frågor om barn och flytt till hemstaden som nu värnade om hennes steg. I ett av husen längs gatan där Ingrid växt upp lyste en lampa i köket. En obekant person satt vid sitt köksbord och var helt stilla i det som den åtog sig. Ingrid fortsatte försiktigt observera personen i köket, en äldre kvinna, när stegen förflyttade kroppen från gatlykta till nästa gatlykta av samma fabrikat. Sulorna till skorna skrapades lätt eftersom hastigheten var mer en dans än en äkta promenad. Ingrid ville känna luften smeka hennes inre och att hennes tankar blev omringade av enkla intryck. Senaste tiden var en storm i ett annars strukturpräglat liv. Hon hade själv påverkat hennes känslors nya sätt att yttra sig. Därför behövde hon observera kvinnan i köket. När synvinkeln ändrats från höger till vänster, steg kvinnan upp och verkade torka av sitt ansikte med en servett. Hon stannade en stund vid sitt köksbord, höll sig fast mot kanten med ena handen och verkade försöka hitta rätt i det som hon sökte. Ingrid lät stegen stanna upp och placerade sig mellan två ljuskällors sken. Kvinnan lämnade till sist sin plats vid bordet och försvann bort i husets andra rum. Andetagen smekte nu innandömet av en kropp som rest och rest både fysiskt och psykiskt under år. En kropp som tillåtit förutbestämda tankar och idéer leda den i bestämda riktningar. Allting hade ett slut och Ingrid började för första gången tänka på att förändra sitt liv på ett subjektivt och radikalt vis. Rent objektivt skulle det med största sannolikhet kallas livskris. Men modet föddes samma stund som kvinnan lämnade sitt bord. Symbolismen var krampaktig men den fick duga. När nästa ljuslykta visade näsans och hakans djupa porer ville Ingrid mest åka hem till sin nuvarande hemstad och tvinga igång de insikter hon letat efter. De insikter hon nu kunde smaka på utan att ens öppna sin mun minsta lilla. Barndomshuset visade sig efter

en kort kurva och alla rum var upplysta, förutom
hennes eget. Mamman var väl inte på humör att
visa att allting var redo för en god natts sömn. Eller
kanske hade mamman glömt av på grund av en ny
vana sedan Ingrids första avsked till hemmets
trygga hamn.

Mammans röst från nedervåningen nådde in i
hörselns djupaste vrår där huvudet vilade på en
mjuk kudde. En nackes frälsning som mer kändes
som en påse med skumgodis än en verklig kudde
för sömnens bästa. Ett till rop på undsättning kom
in i rummet och fann ännu en gång sin plats i
hörselgången på generationen som kommer efter.
"Ruhe, bitte!", ropade Ingrid tillbaka med en arg
min som täckte hela hennes ansikte men som
mamman inte kunde se av uppenbara skäl. I
sömnens krav var inga persienner nerdragna,
Ingrid måste ha glömt. Eller om hennes mamma
enligt en skev tradition besökt rummet en stund
tidigare för att med en tyst protest tvinga Ingrids
sömn att slutfölja sina processer. Svaret var och

skulle förbli ett mysterium inte värdigt en roman om hur det skulle till att lösas. Morgonens sken väckte oavsett Ingrids sömniga gestalt. När det tredje meddelandet nådde henne från nedervåningen flög hon upp ur sin säng, bäddade den halvdant enligt någon form av morgonrutin, och kände hur det kalla golvet väckte kroppens ben. Vaderna och fotlederna grinade illa under de första stegen mot dörröppningen, som ytterst misstänksamt nog stod på mer glänt än vad Ingrid själv ställt dörren på innan natten blev till morgon. Andetagen sökte sin egen takt i relation till en nyvaken rörelse. Förbi dörröppningen och vägen mot den kravställande individen var i full färd att följas. Övervåningens stillhet undrade om Ingrid egentligen ville bli kvar men hon nickade artigt till erbjudandet och fortsatte framåt. Trappans början, eller slut beroende på var en kom ifrån, tronade som världens ände med det enorma fönstret på andra sidan gapet av fri yta. Takhöjden fick rummet att kännas som en skyskrapas yttre dimensioner även om en tvåvåningsvilla aldrig kunde komma i närheten av utmaningen att vara högre än molnen i perioder. Trappans första steg var krafter starka mot knä efter knä. Fotfästet var, i relation till ett humör likt tonårens högsta trotsighet, stabilt eftersom halkskydden från 20 år tidigare fortsatt gjorde det som var deras enda syfte. Stegen rullade vidare under fotvalv, nu klarvakna. Hallen i slutet av trappans halvrunda konstruktion var framdukad som en middag med friluftslivskläder. Ingrid förstod vad som var i görningen och blev ändå lite nöjd vid åsynen. Mammans blick när Ingrid till sist hittade till destinationens slutpunkt var i vanlig ordning en blandning av kärlek och besvikelse. Vanorna staplades på hög i ett hem som deras. Oavsett mentala eller fysiska.

Resväskan var uppsliten och liknade ett slagfält i form av prestigefulla kläder. Mängden tyg tog upp mer än hälften av flickrummets golv, i alla fibrer fanns det redan nedtryckta stigar som visade var Ingrid passerat för att komma in och ut ur rummet. Detta trots en kort vistelse. Ett rum som värnat om hennes tankar och känslor flera år tidigare men nu huserades av en vuxen och annorlunda person. I bergskedjan av kläder försökte hon hitta sin favoritskjorta som varsamt packats ner innan huvudstaden lämnades kortsiktigt. Berg efter berg inspekterades för att kunna hitta en grön skjorta som skulle ha stått ut från mängden med sin nyans vilket annat tillfälle som helst. Men denna eftersökning blev till en mindre utmaning i det lilla rummet. Ingrid pustade och pustade när inget av de ståtliga bergen visade sig bestå av skjortans mjuka men eleganta struktur. Hon lyfte på väskan som agerade fjällstation, men även under den fanns ingenting att finna. Blicken läste av rummet och precis innan Ingrid på riktigt började tro på alla dessa beskrivningar av hennes glömska personlighet, stod pappan i dörröppningen och log. "Suchst du etwas besonderes, Schatzi?"

undrade han med alltid lika stor mängd kärlek i sin röst. I sin hand höll han en perfekt struken grön skjorta. Den hängde lättsamt på en svart plastgalge. Vinddraget från övervåningens lilla hall in till rummet fick den att svaja till i pappans fasta grepp. Ingrid skrattade när hennes pappa själv tog ton. Hon omfamnade honom samtidigt som skjortan hölls upp vid sidan av dem. Pappan gav Ingrid en puss på pannan innan han gav henne skjortan och hon kände sig som fjorton igen innan skolans första vårdans.

Baksidan av familjehuset var oasen som skyddat Ingrid sedan barnsben. Gräsmattan var slagfältet där ungdomens grubblande fått spela ut sina duster utan att någon regissör styrt och ställt över repliker eller scenarion. Ingen kamera eller manus hade någonsin visat vad som skulle hanteras eller vilka känslor som skulle få äga baksidans terapeutiska funktion. Ingrids frizon var denna och när hennes mun mötte koppen med hett té, samtidigt som hennes fötter vilade mot verandans gamla trä, kunde slagfältet åter hantera det som hennes vuxna jag nu grubblade över. Hennes framtid i huvudstaden med det hon trott var livets kärlek kändes inte som den självklarhet som Ingrid målat upp senaste åren. Besöket i hemstaden och att känna närvaron av den ursprungliga essensen hade fått henne, trots irritationer och känsloutspel, att minnas vad hon egentligen sökte i sitt liv. Det var att vara en person hon kunde vara stolt över. Se i spegeln och agera rätt utifrån de intentioner som visade sig i ögonen som tittade tillbaka mot sig själva. Vad Ingrid såg nu var inte det som en gång var ett starkt mantra. Nu såg hon en lögnaktig och rättfärdigande person där även svek var en acceptabel följd av att inte kunna kommunicera. Någonting skulle och behövde göras för att ge sig själv andrum samt frigöra sig från de egenkonstruerade bojorna som nu satt fast kring fotleder och handleder. Gräsmattan stred tappert över dessa känslor samtidigt som en liten ekorre sprang tvärsöver samma yta som en gång känts som en grönskande öken i sin omfattning. Den lilla gnagaren stannade till med blicken riktad mot grannens staket. Inväntade rätt ögonblick att fly sina egna strider. Ingrid noterade att ekorrens kropp studsade till i omgångar, pulsen hög och alert. Hon väntade på att rörelsen skulle förflytta samma varelse från a till b. När Ingrid hittade sina svar och slagfältet blev till en fridlyst park, var ekorren borta utan att hon ens noterat avskedet.

Spårvagnen fick blodet att koka för varje inbromsning. Personerna intill kroppen gjorde sitt bästa för att påskynda värmens makt inne i vagnens äldre konstruktion. En gungande aktion efter en annan som fick Ingrid att greppa efter stabilitet i en redan instabil resa. Hennes handflata skavde mot plasten som utgjorde en stolpe mitt i vagnens mitt. Intill Ingrid talade ett par äldre damer högt och ståtligt om hur deras besök i staden skulle bli ett extraordinärt sådant med saluhallen som främsta mål. En man intill samma personer tittade sammanbitet ut genom fönstret och följde vagnens guppande rytm. Handflatan mot plasten skavde mer och mer när spårvagnen klättrade uppför stadens brantaste backe, med ett löfte om att när bestigningen var över skulle Ingrid till sist vara framme. Köbildning skapades då en av alla vagnar såg ut att ha stött på bekymmer i samma backe. Efter två minuters paus i att hålla sig fast och för damerna att finna sig i en konstlad tystnad, klev den egna vagnens förare ut från sin förarkupé. "Stau, Moment, bitte!" utbrast en ståtlig förare när han i samma sekvens steg ut på gatan med spårvägar som ärrade inslag. I sin hand tog han med sig en form av eldstadsmetall. Fötterna hittade en rytm som endast spårvagnen kunde ha drömt om. Backens lutning var ingenting nytt för föraren utan stegen tog honom snabbt upp mot problematiken hos en annan vagn. Efter en halv minut skymtades en två meter lång förare återvända med en glädjande utstrålning. I sin hand fanns eldstadens metall kvar och i hans panna rann enstaka floder av svett. Skjortan, med en generisk logotyp kring stadens lokaltrafik, var plötsligt i en mörkare orange nyans kring bröstben och armhålor. Ingrids hand placerades åter mot plasten när föraren tog plats i sin kupé igen. Och vagnen rullade vidare. Damerna talade nu om vad lunchen skulle innehålla. Saluhallen nämndes inte igen när spårvagnen till sist nådde fram till slutstationen mitt i stadens hjärta.

Sista kvällen i hemstaden blev en solens avsked med vackra inslag. Nedervåningen var stilla efter ännu en middag med diskussioner och skvaller. Grannarna skulle bygga ut sina uteplatser och på det viset skymma utsikten för föräldrarna. Det var ett svek som inte skulle tas lätt på och spåren skulle finnas kvar inombords resten av livet enligt Ingrids mamma. Hon själv nickade upp och ner till utspelet och kunde inte ens få fram ett leende. Kvällarna innan hemfärd till det som oavsett var en annan stad eller plats, fick Ingrids inre att vrida sig. Det var ingenting hon föredrog. Att bo långt från sitt ursprung. Men hennes drivkrafter krävde alltid mer än att bli kvar i hennes födelseort. Möjligheterna fanns på andra platser och drog henne till sig även om det kändes fel i perioder. Att diskutera grannens upptåg eller hur det skulle bli med bygget av ett nytt stadshus var ett skönt plåster på de stundande avskeden. Även när diskussionerna kunde väcka avsky och ilska vid varje nytt påstående. Koppen framför Ingrid var kall efter att ha mött mamman och pappans olika frågor om hur det nu skulle bli mellan Gabriel och deras dotter. Transparensen var inte fullkomlig, men Ingrid hade hunnit nämna under sin vistelse att det inte var fullt enkelt att leva med sitt livs kärleks annorlunda livsåskådningar. Att leva med förväntningar hon inte visste om hon kunde uppfylla på det vis som Ingrid tänkte att Gabriel önskade. Hennes Gabriel levde upp till hennes egna tankar och idéer. Han bad alltid om hjälp att förstå vad hon menade genom att ställa följdfrågor. Mest när hon var upprörd eller ledsen kring vad Ingrid upplevde som orättvist eller oförstående. Mamman tittade in i Ingrids ögon och stannade där i ett par sekunder. "Bist du glücklich mit ihm?" undrade ursprungstryggheten i form av Ingrids mamma. Dottern hämtade upp den nu kyliga tekoppen, tittade in i mammans ögon. I deras band hittade hon svar på frågan. Vilket svar som skulle väljas var en följdfråga.

Kapitel fem.

Centralstationen i den egna hemstaden var minst sagt hektisk när Ingrids fötter åter mötte marken som utgjorde och ägdes av staden. Denna torsdag var inget undantag och fick henne att ändå bli mer och mer betuttad i det som Ingrid kallade sitt hem. Personerna som rusade förbi kändes som äldre bekantskaper utan minsta lilla irritationsmoment kring deras beteende. Att sakna var inte Ingrids favoritsyssla, men att vara ifrån det som hon valt att kalla hem påminde henne om att det kunde vara en fin känsla att veta var en skulle, vilken riktning som var att lita på. Geografiskt, i alla fall. Hennes mobil hade varit lugn under sitt besök hos föräldrarna. Ibland på grund av att inställningarna inte tillät notiser om nya utekvällar eller från främmande telefonnummer. Vissa nummer önskade veta arbetets nya kravbilder, ett annat om hon skulle dyka upp på samma nattklubb som varit grunden till ett internt och externt svek. Att hantera dessa frågor, oavsett natur, var inte någonting som fanns med i dagens och förmiddagens planer. Ingrid ville till sitt hem och in i armarna hos den som var hennes mänskliga motsvarighet. Gabriels och hennes egen kommunikation hade varit frånvarande i jämförelse med resterande dialoger. Att tillåta varandra att ägna tiden sparsamt var deras relations framgångsrecept. En tillit som försummats från ett håll. Vetskapen om detsamma var fortsatt inte höjt till medvetandet. På ett sätt inte ens hos Ingrid som hamnat i en loop av egoistiska tankar där det viktiga var att undanhålla beteenden för att tillåta Gabriel att hantera sin förlust av en förebild. För enstaka en udda relation och ett skevt vis att driva sin omtanke framåt. För Ingrid ett sätt att leva ett liv som hon kunde tänka sig hantera. Vid torget utanför stadens centralstation spelade ett gatuband David Bowies djupa musikkatalog med finess. Människor samlades i omgångar för att gunga med i musiken. Bandets sångare pausade sin rösts höjningar av och an. En äldre man lade ner ett par mynt i ett keyboardfodral, tätt följd av en till man som höll sin hatt på plats mot en rakad skalp för att undvika att samma huvudbonad ramlade ner i den udda skattkistan. Ingrid hann inte med att höra mer än en sång under sin väntan på spårvagnarna. En specifik vagn, som även den blivit ett inslag av hemvist, var på ingång. Sångaren lyckades sjunga om att dansa oavbrutet innan väntetiden nådde sin klimax och vagnens siffra skymtades flyta fram med ryckiga rörelseinslag längre bort. Dansa skulle Ingrid göra, på alla möjliga vis. Någonting annat gick inte att tänka på när stegen tog henne in i ett bekant fordon.

Ett lockigt hår hängde ovanför köksbordet när Ingrid äntligen öppnade parets gemensamma ytterdörr och nästan slängde sin väska på hallgolvet i en längtan efter en omfamning. Från vardagsrummet hördes en låt från samma album som gatumusikanterna spelat. Ett välkommet sammanträffande. Nästan ett obehagligt sådant på

alla rätta vis. Vid hallens lilla avlastningsbord
fanns ett kort med blommor prydligt placerat.
Intill deras skepnader en liten ask som liknade den
som Gabriel placerade Ingrids, då okända,
vigselring. Hon hann inte säga hej innan hennes
kärleks stämma nådde henne från köksbordet.
Den var otydlig, vilket gjorde att hon bad om att
Gabriel fick upprepa vad han sagt. Men innan hon
hann be om repris, hängde hon upp sin tunga
vårkappa med enkla rörelser. Halsduken fick ligga
i ärmen, även om det var emot alla egna regler
kring textilier. Skorna drog in grus även när de
inte klädde fötterna och ett av kornen hamnade
under foten vid det första steget in i ett saknat
hem. Gabriels röst var stum fram till att Ingrid
nådde fram till dörröppningens breda format.
Hans blick var fast i bordets dekorativa duk som de
fått i present av vänner. Brodyr med interna
skämts mest värdefulla fraser. Gabriels händer
lekte med kanten närmast kroppen. En manöver
han visste att Ingrid inte uppskattade. Rösten

uttryckte orden på nytt och de skar in i Ingrids hud och sedan ben. Orden upprepades med en mer fientlig och berörd stämma. Gabriel stannade till i sina ord och blev avbruten av sina egna tankar och känslor. Blommorna på bordet i hallen viskade ett par varningsord. Kortets text var en myt som aldrig skulle bli diskuterad. "Ich weiss schon", fick Gabriels röst fram i staplande meningsbyggnader. Ingrid fortsatte granska sin kärleks former. Orden tvingade henne att luta sig mot en av dörröppningens konstruktioner. Hennes händer slappnade av samtidigt som hennes tunga vilade uppe i gommen. Inga ord kunde rädda faktumet att korten och blommorna inte var en kärleksförklaring av rätt sort.

Pilar av hårda ord flög tvärsöver rummen i en snart splittrad lägenhet. Vad som ibland sades gick inte att förstå då svenska ord träffade Ingrids kropp i frustration. Gabriels steg stampade fram och tillbaka mot golvet på ett sätt som beskrev vad som pågick inombords. Händer fattade föremål och packades ner i fler väskor än Ingrid visste att paret ägde. Ett fönster stod öppet i vardagsrummet då hettan från stadens nyfunna hopp höjde temperaturen i boendet till en gräns som fick även den mest tappre krigaren att tappa fattningen. I all hast spelade en vattenkokare upphettningens symfonier i kökets dystra känslor. Allt och ingenting pågick i stunden som nu blivit till en verklighet. Ingrids svek mot en relation var inte längre gömd under ytan. Ett par redan vissna blommor kunde bevisa samma faktum. Gabriels steg och brustna stämma tilltog i samband med att kläder och föremål placerades i samtliga väskor. Hans händer och armar greppade efter hopp. Ett sätt att försöka behålla en känsla av framtid, misstänkte Ingrid. Hon själv stod handfallen inför vad som pågick och tänkte tankar som inte ens var i närheten av att bekymra sig om den sorgliga föreställningen som pågick framför ett par sömndruckna ögon. Ledsamheten bodde i rummens olika väggar. Ursprunget till allting var ingen gåta. Ett tydligt förfarande som nu lett till en anstormning av förändring. Hur långt samma skifte skulle gå eller pågå var gömt i mörkret. Ingrid såg hur ett foto på Gabriels familj placerades ovanpå en öppen väskas innehåll. Dragkedjan gav ifrån sig smärtfulla skrik när väskan till sist slöt sig runt en del av ett gemensamt liv.

Pendeltågets perrong värmdes av solen som blivit en återkommande vän sedan hemkomsten från resan till föräldrarna. Staden hade varit i full rörelse efter att Ingrid inte funnits kvar att styra upp sitt eget öde. Vad en gjorde i livet fick konsekvenser, och detta var en av dem. Människor gick in i hennes synfält utan att veta att ögonen inte riktigt fungerat senaste tiden. Hennes handlingar var på ett sätt rätt, på ett annat vis allting som hon själv förklarat var ett absolut felsteg. Blommorna på hallens bord var slängda och placerade i en gömd påse någonstans i städskrubben. Att ens hitta till återvinningsområdet intill byggnaden hemmavid var ett uppdrag för stort. Perrongens befolkning visste ingenting om personen som befann sig inom Ingrid. Hon visste ingenting om familjen som passerade med färgglada utstyrslar eller mannen med ett paraply i handen. Solen värmde under varje andetag som inte var lika tacksamt. Dagarna gick snabbt under tiden av att inse sina val. Och ingen väntade på att Ingrid skulle hitta rätt eller svara upp på de frågor som gårdagen slutat att ställa. Svarstiden från hennes sida var obefintlig. I tankarna utan egentliga idéer, rusade ett pendeltåg förbi de inväntande passagerarna. Ett spöktåg utan siffror eller resenärer. På väg till en plats för att vila, gissade Ingrid. En vila hon själv fått veckor innan, men utan att ha förtjänat den. Hemkomsten blev resan som behövdes innan det egentligen gick att lämna för ett tag. Men livet var inte linjärt och att förhålla sig till sina signerade avtal var en plikt som Ingrid inte kunde svika. Även om det ibland var en idioti inte ens hon själv kunde stå bakom.

Tåget för hennes egen resa dröjde ett par minuter extra. För att be henne om att hitta vägen igen som kunde ta henne framåt. Eller för att ge henne tid att förstå sina steg. Förstå vad som definierar en person kan vara annat än själva tankarna. Mer vad som genomförs efter att ha felat, eller efter att ha gjort rätt enligt sig själv.

Kontoret, som var en avlägsen vän, ekade tomt när Ingrid till sist kom fram till receptionen. Hennes andfådda lungor hämtade luft i ett stillastående landskap utan ljud. Om hon lyssnade noggrant kunde Ingrid höra maskinrummet sjunga en mekanisk sång från andra sidan kontorets öppna famn. Hennes steg gick i rasande takt mot sitt eget hörn av produktivitet och i sina egna tankar snubblade Ingrid över en kvarlämnad dammsugarslang som vilade efter en tidig morgons försök till att hjälpa till. Hon förstod att kontoret inte var ensamt då larmet till kontoret var avstängt vid hennes egen passage. Lokalvårdarna var sannolikt i ett oftast smutsigt kök för att städa upp innan armadan återvände för en ny rond av att bete sig som om inga lagar eller regler huserade på en arbetsplats. Inga skyltar om att hjälpas åt kunde rädda det som kontorets inneboende skapat tillsammans. I sin morgondröm var Ingrid tillräckligt bland molnen för att fullständigt följa linjen mot sitt eget kontor utan att tänka på annat. Dörren till skyddszonen var stängd och från fönstret in till skrivbordet liknade platsen mer en installation på ett modernt museum än vad det såg ut att vara ett utrymme för klassisk arbetsbörda. Inne i det egna rummet stod luften stilla precis som resten av våningsplanet. Dörren verkade ha varit stilla under hela Ingrids frånvaro inför en oväntad återkomst för själlösa ting. Lukten av heltäckningsmatta låg tung när sko mötte tyg. Väskan med matlåda och dator, bägge skapta av aluminium, placerades enligt vanan på en besökarstol. Samma stol stod i en vinkel som enligt en instruktionsvideo skulle ge känslan av att känna sig välkommen. Den psykologiska effekten var inget som Ingrid visste om den fungerade eller inte. Hon hann inte tänka mer på varken luften eller pseudovetenskap eftersom lokalvårdaren dök upp från tomma intet. Mannen undrade vänligt och med ett glatt leende: "Darf ich das Zimmer saubern?". Ingrid tackade vänligt ja med ett brett likartat leende och begav sig mot köket med sin mat. I sina steg fanns en förhoppning om att armadan av kollegor varit vänlig mot samma utrymme.

Dagen flöt vidare som Nilen ner mot Röda Havet, även om Ingrids mötesbokningar inte kunde ge samma näring till en hel civilisation utan att ertappas som en bov. Hennes anteckningar från samtliga träffar med kunder och kollegor var fyllda av olika figurer som Gabriel lärt henne att teckna som en mindre flykt från tristess. Även om det kunde upplevas som opassande i samband med viktiga beslut, visste Ingrid inget annat än att försöka ge sig själv kraften att ta sig igenom diskussioner om framtidens pengar och hur de skulle placeras i kunders fonder eller i mindre aktier med potential. Hennes egen potential var bland molnen och endast en kikare av nivå högre var kapabel att se var den i slutändan skulle landa efter att flyktigt följt med höjdskillnadens vinddrag. Lunchen blev en ljummen lasagne där varken sältan från pastaplattorna eller sötman från tomaterna väckte en känsla av att saker kunde ordna sig efter en tid av tillåtelse att känna. Gabriels namn lyste med sin frånvaro på skärmen och inte ens gruppchattens undran om hur helgen skulle spenderas fanns att luta sig mot. Av någon anledning spelade världen Ingrid ett spratt för att kanske visa henne att handlingar fick konsekvenser. Hennes fingrar lekte över matlådans kant där hon satt själv i köket. Ett rum som faktiskt blivit upplyft av en gemensam kraftansträngning hos kollegorna att sluta upp med sina nonchalanta handlingar. Lärdomar Ingrid kunde ta del av om hon nu ville se vad livet egentligen var tänkt att bli efter att objektivt ha felat. Subjektivt kunde hon inte undgå att känna sig smått starkare och starkare i hennes kontemplationer kring vad som skett. Resan till hennes föräldrar sådde frön där jorden fanns. I samma jord upplevde Ingrid först att ingen näring fanns att hämta. Men ju mer tankarna gick till att be om ursäkt och sedan be om att gå vidare, desto mer växte fröet till en liten stjälk. Ur samma mentala stjälk kröp sakta ett blad ut ur kapseln. Armadan av kollegor dök upp i känslan av att växa ur felsteg, vilket skapade misstankar om att ett rent kök eventuellt var ett fornstort minne.

Eftermiddagen mötte Ingrid som en hälsning utanför kontorets entré när arbetsdagen till sist var över. En produktiv dag av ren fakta och känsla för att göra det en skulle. Planeringen för flera dagar framåt var nedskriven med olika aspekter att ta hänsyn till. Ingrids professionella sida av sin person hade haft en av de bättre dagarna sedan flera månader tillbaka. När hennes egen yta lämnades kunde hon med högt huvud passera kollegorna som blev kvar och utövade sina egna mönster av att åstadkomma egna ambitioner utan tecken på att faktiskt komma framåt. Utanför entrén stod en elektriker och arbetade med systemet som tillät dörren att automatiskt öppnas upp. Övertid och bekymrade minner. Ingrid log mot det ansträngda ansiktet som höll i trådar mindre än okokt pasta. Inget svar kom tillbaka efter att ha sänt ut omtanke gjord av billig plast. När stegen gick vidare och försiktigt undvek att störa arbetet, vibrerade telefonen i jackfickan med en önskan om få sin lilla del av uppmärksamhet. Handen hittade mobilen bland hörlurar och tuggummin som lämnat sin förpackning. Fingrarna lekte över mobilens metall och härdade glas, den vibrerade febrilt när handen förde den mot ansiktet för att se vem som var härskare över funktionen. Mannen från nattklubben och blombukettens hänförare syntes med namn. Magen vände sig i sina känslor, men vad som fick Ingrid att bli förvånad var att hon även kände en känsla av värme. Känslor av att höra från någon i livet. Gabriel och vännerna var skuggor och fanns inte kvar för stunden. Människorna som passerade Ingrid visste inte vad som pågick i hennes liv, lika lite som hon kunde tyda vad som tyngde eller lyfte främlingarna. När hon svarade på samtalet mötte Ingrid samtidigt en kvinnas ögon. Ett leende blandades med vänliga intentioner. Kvinnan var en form av tillåtelse. Mannen i örat talade om att ses. Ingrid svarade på ett vis som hon själv blev förbryllad kring. I all förvirring utanför arbetets professionella mallar kändes livet som anarki. Varje halmstrå som gick att greppa var värda ett tappert försök.

Matvaruhandelns besökare, vid lägenheten där endast Ingrids steg berörde golvet, kretsade kring helgens inhandlande av förnödenheter. Stressen inuti butiken gick att ta på även om den inte var skadlig. Mer en fysisk kraft som sökte sig fram i gångarna och bland höga hyllor. Armar sträckte sig efter produkter de säkerligen inte behövde,

men som hunger och förväntan valde att hämta till
sina korgar hängandes i armvecken. Ingrid
stirrade sig blind på vilken pasta hon ville
införskaffa utan att förstå vad som fick henne att
analysera kartongen. Färgerna var tilltalande och
textens runda kanter skapade en tanke om kvalité.
Udda stund efter en lång dag. Men huvudet var
inte där det skulle vara och det fick vara ett faktum
utan egentligt svar. Några barn sprang förbi under
Ingrids utsträckta arm som till sist valt paketet
med främsta excentriska mått. Barnen skrattade
när de snabbt passerade vid hyllorna, med en
förälder hack i häl bakom dem. "Entschuldigung,
junge Fräulein", fick föräldern fram i en andfådd
rörelse. Ingrid skrattade till av situationen och
samma person tittade med ett lättsamt ansikte på
Ingrid innan jakten gick vidare framför
producerade spannmål. I kyldisken låg
halvfabrikat trevligt uppradade. De veganska
alternativen stirrade från ett hörn på alla
människor som passerade förbi med en nerkyld

kyckling i handen innan den föll ner i kundkorgarna. Ingrid lyfte upp en grönsaksblandning som egentligen var fylld av vatten och saknade helt näring, men att skära grönsaker till en fräsch sallad var inte prioritet. Vid slutet av butikens utbud fanns popcorn, chips och godis. Ingrids mage började framkalla lustens läten om snabb energi, och hon föll kraftigt mot golvet i sin fantasi. En chokladkaka placerades ovanpå hennes havredryck i korgen och kassakön ringlade sig nästan hela vägen fram till samma plats där Ingrid redan stod.

Knän mötte knän i ett mörker. I rummet spred sig dofter av ytterkläder, socker och ätbara energidepåer gjorda av kemiska fantasier som blivit till ätbar passion. Någon kom för sent till föreställningen och en halv rad behövde ställa sig upp varav hälften av samma rad gav ifrån sig missnöjda blickar och ljud. Den sena ankomstpersonen ursäktade sig själv tystlåtet för att inte störa resten av raderna runt den nu uppställda linjen av människor. Sikten blev åter klar framför Ingrid och den nyfunna mannen till vänster om henne. Deras knän möttes av misstag flera gånger innan den första av uppträdarna dök upp på en scen som var lika ljus som solen. Ingrid kisade och försökte samtidigt se vad som skulle ske framför henne. Hennes händer vilade mot ett av hennes lår och i ett av armstöden stod ett vinglas med naturvin. Mannen hade önskat att betala för henne men skuldkänslorna i henne tvingade honom att ta bort sina kontanter. Ingrids eget kort mötte terminalen och kassören log tacksamt enligt sin tjänsts föreskrifter. Ingrids mun hade snabbt slukat en klunk av samma dryck för att lugna nerverna. Mannen kommenterade hennes glupskhet med ett vagt skämt och Ingrid mötte hans kommentar med ett inställsamt skratt. Vad hon satt i verket kunde hon inte riktigt förstå själv i samband med att scenkonstnärerna var i full färd med att skapa kreativa utspel på scenen. Mannens hand låg stillsamt på hans eget armstöd. På andra sidan sätet vilade en egen dryck med skummande mousserande vin. Elegant val, tänkte Ingrid och av någon anledning valde hennes arm, som befann sig närmast mannen, att närma sig samma kropp. Handen föll ner på mannens lår. Till en början skapades ingen reaktion. När ljuset på scenen släcktes ner för att förbereda akt två, fördes handen mot mannens ljumske. En ny hand fann Ingrids lår. I mörkret möttes läpparna igen efter flera veckor av frånvaroanmälan.

Kvällen sjöng sin serenad mot höghusens fasader som delade ytor med gamla byggnader som överlevt hundratals bombräder årtionden tidigare. Ingrids händer vaggade hennes höftben framåt med fötterna stabila mot marken. Mannen gick långsamt ett par meter bakom henne med en glödande cigarett mellan läpparna som mött Ingrids egna under kvällens tidiga ordföljder. Ingrid följde sina kroppsrörelser i glasrutor och i nedsläckta skyltfönster. Hon stannade till och mötte upp mannens rökfyllda andetag med sitt ansikte för att be om en tystlåten kyss full av skam men med smaker av spänning. Baren som var målet närmade sig genom de två personernas stormsteg. Mängden av människor ökade stadigt längs med gatorna från att ha varit tom. En liknelse mellan Ingrids liv de senaste veckorna med att söka skydd från sitt ansvar och sina handlingar. I konsekvensernas vitöga dansade Ingrid längs raksträckan när kön till baren uppenbarade sig. Hennes ben lekte lätt och svängde runt en lyktstolpe tillräckligt länge för att vänta in mannen. En ny kyss väckte kroppen och i sambandet mellan läppar passerades kön. I höjd med vaktens ståtliga mur i form av sig själv, vinkade mannen lättsamt med handen och vakten nickade per automatik. Passagen in till garderoben blev en enkel linje att följa och Ingrid log mot mannen med imaginära fjärilar i magen. När musiken i rummet intill fyllde trumhinnor, blev Ingrid medveten om sina beslut och tankarna om hennes egentliga liv viskade om att få tala till henne en kort stund. Ingrid viftade fysiskt bort änglarna runt huvudet med goda intentioner samtidigt som jackan fick sin nummerlapp av en elegant person i garderobens vinröda och mörklagda rum. Mannens hand hittade Ingrids och ledde henne framåt mot musiken och nya minnen. När glaset med rusdryck fann hennes mun, mötte hon mannens leende ögon med ett liknande svar. Det var en fin kväll för bägge parter.

Kapitel sex.

Sovrummet var stilla och sa ord som inte gick att säga. Täcket slöt sig som ett extra lager hud kring Ingrids nakna kropp. Hennes mun var uttorkad av djup sömn. Innan Ingrid öppnade sina ögon, sökte hon sitt vattenglas som alltid stod intill sängen på ett gyllene nattduksbord. Men handen fann ingenting på den behandlade träskivan. I samband med att Gabriel hämtat sina saker och lämnat Ingrid för att slippa hennes handlingar, försökte hon själv intala sig själv att hans små handlingar inte var värda någonting. Men vattenglaset var bevisligen en fortsatt lärdom att ordna själv för att underlätta morgnar för all framtid. Månader var förbi och en höst hade börjat visa sitt ansikte som Ingrid genom alla år haft svårt att finna glädje hos. Hösten var inte stunden av året då hennes känslor fick leva. Inte på ett sätt som de gjort senaste veckorna. Sommaren hade visat sig vara en vän med skilda åsikter. Vissa dagar den som gav alla enkla råd, en annan dag den årstidsbundna vän

som faktiskt säger åt en att stå för vad Ingrid
skapat genom att vara nyfiken. Att ta sitt ansvar
var fortsatt en tuff kravbild trots ökad ålder och
ord från föräldrar att på riktigt vara mer
respektfull. Ingrid märkte att hon skrattade till av
dessa välvilliga kommentarer. En rädsla för att
behöva möta det inre hos henne själv. Röster från
olika håll fick henne att ibland tänka på Gabriels
bästa och då i stil med att vilja återuppta livet med
honom. Andra gånger var tankarna fyllda om att
förbli själv en tid framåt och söka efter sina egna
tankar och idéer, precis som innan den dagen
Gabriel dök upp på hennes arbetsplats i södra
delen av landet. Hon saknade hans röst och
närvaro från och till, undrade hur det gick för
honom i all sorg och i sin konst. Men Ingrid valde
att inte lyfta sin telefon och fråga. Hennes
funderingar fick bli svar på frågorna. Avsaknaden
av kommunikation mellan varandra tolkade hon
som tillräckliga besked om att deras liv var över
tillsammans. Att det som paret byggt upp inte blev

mer än ett par år tillsammans med att resa och uppleva nya ting. Det var sorgligt att tänka på, men Ingrid stod fast vid att detta var rätt väg. Fram till att tankarna om att det var helt fel väg att gå dök upp. Förvirring och ambivalens. En beskrivning av Ingrid som uttryckts senast hon besökte sina föräldrar. Ett besök som kändes välvilligt och fint, men som innehöll detaljer som denna. Mobilskärmen var kryddad av meddelanden från gruppchatten som åter kommit igång. Mellan dessa meddelanden fanns hennes blomskickande och nyfikne romans namn. Hon log snett i både glädje och motsträvighet när namnet stavades på ljuskällan.

Under sin löpartur flög Ingrid förbi folkmassor fyllda av turister. Vissa av dem talade högljutt på franska eller polska. Det lilla hon kunde i de två språken avslöjade att det rörde sig om att antingen följa med gruppledaren eller att lyssna på samma person. En blandning av skolklasser och pensionärer. Vissa av grupperna uppenbart medtvingade på museibesök, andra deltagare exalterade över att få ta del av ny fakta och ny kunskap. Ingrids skor tog henne förbi halvdussinet grupper innan hon snabbt svängde av mot stadens parkområde som skar genom siluetten och ut i ovissheten. Inne i parken var staden en fullständig motsats till det pulserande ruset på gatorna. Grusvägar och stigar gick kors och tvärs bland trädkronorna som skiljde sig i höjd. Ingrids blick riktades upp mot samma grenar och träd, samtidigt som hennes snabbhet tilltog. Utan att tänka sig för ökade hon takten och var snart snabbare än vad hennes ben hanterade. Andfådd och svettig, märkte Ingrid snart att hon nått fram till sin egen plats i parken på rekordtid. Egen och egen, det var där hon kunde tänka klart och se saker för vad de var. Någonting hon undvikit på flera månader men trott sig varit kapabel till. En lögn i en lögn, en strimma av självförakt i en vacker tavla. Det var Ingrids liv. Vid den lilla näckrosdammen som tronade upp sig framför parkbänken där Ingrid nu slog sig ner, stod en familj av svanar. Samtliga fyra medlemmar stirrade analyserande mot Ingrid när hon stannade till på bänken utan att säga ett ord. Bara hennes tunga andetag efter ett personbästa i löpning, fick henne att ge ifrån sig ljud. En av svanarna vajade med sin hals och sitt huvud. Tittade mot Ingrid med förakt genom sina ögon prydda med svarta ringar runt desamma. Efter tre sekunder skickades någonting som liknade en undermedveten signal och puls genom resten av familjen. Samtliga fyra svanar tog fart ut i dammen och flöt iväg mot mitten. Den största svanen höll ett vakande öga på Ingrid under tiden som flocken flöt längre och längre bort. Ingrid tittade tillbaka med sina egna tankar och tackade för sällskapet. Hon hade nått fram till mentala platser som inte setts med nykter blick. Därför var nu en framtid påtänkt och med ett personligt rekord i ryggen, blev stunden vid sin näckrosdamm mer än bara en paus från syrebrist. Genom trädkronorna sökte sig snart ett lättsamt regn. Bladen högt uppe kunde inte hålla emot. Lika svag blev Ingrid över sina känslor. Hon lätt det jobbiga äta upp henne på träkonstruktionen och tårar strök hennes kinder som varma beröringar. Såren började läka den dagen, och förhoppningen att bli förlåten blev mer och mer utbredd i bröstet.

Ångerrätten i livet verkade ha passerat när Ingrids samtal blev nekade ett efter ett. Gabriels önskan var bevisligen att bli lämnad i fred. Att gömma sig själv i sina egna tankar var aldrig Ingrids starka sida. Och känslorna att välja sin framtid i relationer var en oprövad väg längs vilken hon inte kunde svara på en enda fråga. Oavsett hur många lappar som satt placerade på vägens reklamskyltar eller lyktstolpar fanns inget önskat facit. Ingrid letade febrilt bland tankar och visioner för att se var vägen skulle gå i det som nu blivit en passage med bråte av misstag. Men misstagen kändes inte som misstag. Det var ett rop på hjälp mot henne själv och varje kyss med främlingen, som nu blivit en tillflyktsort från det onda, kändes vacker. Men Gabriel var hennes kärlek, det visste hon. Eller visste hon verkligen det? Ångerrätten kanske inte var värd att åberopa efter tiden som gått. Gabriel var antagligen tillfreds med att slippa hennes svängar i humör och i ambitioner. Hans egna hade alltid tenderat att vara stadigare och mer förhoppningsfulla jämfört med Ingrids exalterade och kortvariga toppar. Fyllda av djupa dalar efteråt av självtvivel och imaginära katastrofer. På en reklamskylt fick Ingrid syn på en produkt som hon endast sett i djupa södern av samma land som nu försökte värna om hennes diffusa beslutstagande. Ett event om en artist och hur den skulle spela om en vecka på stadens mer alternativa scen. Ingrid funderade när hon senast lyssnat på artistens musik och log i varje steg. Det var musiken till hennes och Gabriels första tid ihop, men detaljen hade sjunkit ner i Östersjön, precis som andra vackra sidor av deras relation. Var det anledningen till hennes eget svek behövde en örfil skickas till närmsta kind och fullföljas av en egen hand. Uppvaknanden från ett beteende var på sin plats. Ingrid skrev i gruppchatten om reklamen hon noterat. Det dröjde flera minuter, färre i verkligheten, innan ett svar dök upp. En notis om ett paket att hämta hos ett ombud.

Potatisarna stektes i en storm av margarin, fångade i en gjutjärnspanna. När stekspaden rörde runt de skurna delarna fräste pannan tillbaka mot Ingrid. Köket spelade dova toner av ett musikband som inte varit en del av livet på flera år. Intill en redan använd skärbräda och resterna av ingrediensernas plastförpackningar stod ett glas till hälften fyllt av vin. Ingrid drack klunkar en efter en och stirrade ner i pannan som tillagade potatisen, löken och någon form av halvfabrikat. Vid köksbordet satt mannen och tittade i sin telefon samtidigt som hans halvböjda ben gungade under bordsskivan i takt med musiken. Ingrid gav honom en snabb blick precis innan hans egen släppte mobilskärmen och huvudet började röra sig i riktning mot kocken. Ingrid tittade kvickt tillbaka mot skådespelet i pannan hon fått av Gabriels mamma när hon besökt Gabriel och Ingrid för första gången i samma lägenhet som matoset nu började äga. Mannen började nynna till musiken på samma vis som hennes pojkvän brukade göra. Dock utan samma tonsäkerhet och kraft i stämman. Ingrid drack en ny klunk ur glaset och märkte att innehållet redan var slut. Hon bad mannen hälla upp mer utan att släppa sin egen blick från gjutjärnets temperatur. Hans steg passerade hennes ryggtavla efter att ha dragit ut köksstolen på fel sätt. Golvet grinade illa när träbenen skar ränder i träets yta. Gabriel visste hur en skulle göra för att Ingrid inte skulle ta illa vid sig. Små detaljer som gav en känsla av förståelse. Den saknades. Men vad kunde en kräva efter några månader av halvdant umgänge med en fortfarande ganska okänd person. Mannens läppar vilade en stund på Ingrids nacke. Nackhåret reste sig och hälsade på hans läppar. Men ingen högre sensation spred sig i kroppen. Spaden låg stabilt kvar i handen och justerade potatisen och löken som om det var det enda som gjorts i livet. Ingrid observerade hur löken blev gyllenbrun och hur halvfabricerad sojafärs fastnade på potatisens ljusbruna fläckar. I glansen av fetter och proteiner tänkte hon på Gabriel och hur livet utan honom passade henne. Det var aldrig en fråga om att ha någon att leva med, men att bli stöttad i sina mål kunde ingen annan bättre än just Gabriel. I tankarna fann sig en klunk bli svald av Ingrids glupska svalg. Mannen log när han lutade sig avslappnat mot köksbänken samtidigt som han själv drack en mindre mun från sitt eget glas. Hans fingrar lekte lätt över glaset och den andra handens fingrar gjorde samma sak över köksbänken. Ingrid log mot mannen som snart var framme vid hennes ansikte. De kysstes och i mötet kände hon ändå någonting. En sprudlande känsla av attraktion. Eller så var det alkoholen. Den tillagade maten i pannan kunde inte svara, än mindre Ingrids eget huvud. När en andra kyss levererades, som ett brev till en särpräglad postbox, kapitulerade Ingrid för första gången sedan första mötet med mannen. Hon hörde sig själv säga: "Ich mag dich sehr" och mannen granskade hela Ingrids ansikte innan han skickade ännu ett brev.

Den kvällen kom Ingrid närmare. Hennes andetag släppte en skyddande barriär framför bröstet för varje ny anekdot som mannen berättade. Även om det handlade om en vild utekväll, lyssnade hon helhjärtat och med förvånade kommentarer. Hon märkte själv hur hennes röst ställde följdfrågor och nickade med när samma svar nådde en nyfiken hörsel. I orden som mannen återgav fanns en önskan om att veta mer och söka svar på svaren. Deras händer flöt samman och i de fria händerna återfanns ett varsitt glas av vin som egentligen skulle vara kvar till vännernas spelkväll dagen efter. Korken låg kvar på köksbänken och torkade sakta ut från att ha skyddat innehållet från attacker utifrån. Ingrids torra bemötande mot mannen började omvandlas till en våg av undersökande ord. Hon noterade detaljer i det som mannen varit med om och fortsatte be sin egen armada av anekdoter att stanna kvar bakom fiendelinjer. Kvällen var till för att surfa med på en ny våg av konversationer och att släppa taget om någonting som varit en evig konstant i kärlek. Gabriels närvaro kändes inte av i lägenheten som varit deras hem i flera år. Ingrids samvete orkade inte bära hans sorger och kreativa självtvivel under tiden som hennes ringfinger fastnade i mannens ringfingers böjda grepp. När vinet mötte tungans receptorer som upptäcker sötma, fann även hennes tankar en ny sötsak. Ingrid stannade upp i sina frågor och endast tittade in i mannens ögon en längre stund. Han undrade vad hon såg där. Ingrid svarade inte utan fortsatte försöka hitta ett nytt hem i en annan ögonglob. Det kändes tryggt men också förbjudet.

Ingen person var någon annans att äga, men hon hade upplevt sin hängivelse till Gabriel som livet självt. I mannens närvaro kändes vanliga saker förbjudna. Att använda gafflarna och knivarna som varit vittnen till Ingrids och Gabriels tidigare kärleksförklaringar. Glasen, som saknade en frände eftersom densamma kastats mot golv i frustration under gräl, hade sett livet som önskades just då. Beskheten från vinet väckte Ingrid från sin dagdröm som blivit till nattens ansvar. Hennes kropp kom lika nära som anekdoternas följdfrågor i samband med att vinet stimulerade sinnet. Soffan blev mindre och mindre trots den tidigare känslan av att vara en perfekt barriär från för vida steg framåt. Musiken nådde knappt in till vardagsrummet från köket, även om dörrarna mellan de två rummen stod vidöppna. Den lilla sång som kunde höras sjöng om andra scenarion än det som utspelade sig i soffan. Sångaren hördes nämna hjärtesorg och svek, men Ingrid kände sig inte som varken någon som krossar pulsen eller som sviker förtroenden. Kraften bodde i henne och hon skulle inte släppa den. Modet kanske kom ur en annalkande berusning och stråle av attraktion, men om det var fallet fick acceptansen äga stafettpinnen en tid framöver.

Livet var ett nytt men det var samtidigt ett fint sådant. Krusiduller att ta hänsyn till var som bortblåsta. Ingrids kropp kändes lättare i allting som den tog för sig. Arbetsdagarna passerade utan att vara tyngda av en okänd vikt i ryggslutet som försökte rubba balansen. Varje beslut styrdes av Ingrids egen åsikt och ingen röst kunde få den att ändra sin riktning. Det bodde en ny styrka i Ingrids stämma och i hennes rörelser som fick vänner och familj att undra vad som kunde vara orsaken. Ingrid själv visste att det berodde på någonting som hon aldrig egentligen gjort. Hon levde utefter vad dagen berättade när samma dag började. Inga förväntningar fanns till för att kunna svara på oklara frågor. Ingen erfarenhet kunde visa var den nya horisonten skulle ställas ut som ett konstverk i en konsthall. Självförverkligandet hade hittat ett nytt recept och varje ny tugga smakade av mer sälta än någonsin tidigare. Marken mötte stegen med kraft och motstånd var Ingrid än ville gå. Hand i hand med en ny känsla i form av en ny man eller ensam ner längs en av stadens huvudgator; ingenting kunde rubba stabiliteten som månaden av eget ansvar byggt upp. Vännerna bjöd på middagar och spontana träffar med mer än vin och tilltugg. Friktionsfria diskussioner som ändå blev utmaningar att styra in sin strävan i. Vännernas liv var som innan, men när Ingrid berättade om det som skedde i hennes eget, blev även förändringsbeteendet glasklart hos enstaka vänner. Någon skaffade en hobby mer värdig deras talanger än innan. En annan gav upp på sitt karriärsval och blev mer den personen som önskats i tidigare år. Ingrids hybris växte när hennes eget beteende visade sig påverka människor i hennes närhet. Men om det var en positiv våg av förändring varken ville eller kunde hon sätta sig emot händelserna. I en ljusare tillvaro kände Ingrid att Gabriels liv inte längre var intressant. Familjens funderingar kring hennes val av att bli mer frånvarande berörde inte Ingrid. Arbetet var automatiken själv. Det tidigare sättet att vara fanns i ögonvrån, viskade sitt namn ibland. Styrkan att inte lyssna på samma röst var skillnaden i livet.

Frankrikes landskap visade sin fina ansiktshalva för Ingrid och Jacob. Deras besök i gränder och längs kullerstensklädda gator fyllda av småplocksbutiker verkade vara en medicin mot att inte veta var de skulle som två individer. Skratten gick om varandra som två främlingar för att sedan mötas upp i en omfamning. Äkta främlingar i form av invånare eller turister bevittnade en ny förening mellan två personer som inte egentligen visste om detta var ett rop på hjälp eller om paret skulle bli mer än planerade helgresor. Ingrid kunde inte svara på samma frågor även om någon skulle ha hotat henne för att få ett omgående svar. Tiden i gränsstaden vid hennes södra hemvist i Tyskland kändes som ett välkommet sätt att visa Jacob nya perspektiv och insikter om den han nu mötte i huvudstadens vardag. Ingrid ville att den östtyske personen som höll hennes hand genom marknader skulle inse vad hon en gång haft som bakverk till en svulten dröm. Platsen där hon en gång blev mer kär än resten av världens samlade känslor, enligt sig själv i alla fall. Vid de lokalt odlade produkterna och i ett moln av nordliga franska dialekter, stannade Ingrid till och observerade hur Jacob konverserade med entreprenörer. Hans frågor ekade mot tegelväggarna i gröndernas sagolika struktur även om ingenting annat än just turisters högljudda läten var starkast av ljudbilderna. I slutet av samma gränder möttes paret upp igen och Ingrid kunde inte låta bli att falla in i Jacobs armar. Han var knappt beredd på hennes omfamning då Ingrids restriktiva sätt att vara inte helt släppt även om deras tid var större med varandra än motsatsen. En av alla produkters försäljare avbröt närheten mellan Ingrid och Jacob med en fråga via djup stämma och stark dialekt. Två flaskor placerades i en pappåse och Jacob lämnade över två sedlar samt avslutade rörelsen med en lättsam vinkling av handleden. Växeln kunde den drivna entreprenören behålla.

Efter en kort men intensiv resa var vardagen i högsta anspråk. Dagarna flög iväg och visade inte upp sig ens med enkla medel. Tristess möttes av spänning. En kyss och kram möttes av tre dagar av radiotystnad. Stadens siluetter genomsöktes via fönster och röken från tekoppar för att hitta svar på romantik och framtidsutsikter. Var Ingrid än vände sin blick, blev oftast svaren bokstaverade utan logisk följd. Hon fick sprida ut tankarna för att kunna hitta en startpunkt att följa den fortsatta vägen i sina funderingar och hjälplösa fantasier. Jacobs närvaro var en spridd skur av regn och solsken. Det passade Ingrid ibland, ibland inte.

Om pastan kokade för två, blev matlådor i överflöd efter en inställd träff i sista sekunden. Om flaska eller burk med spännande nytt rusmedel öppnades fylldes ett glas upp tre gånger. Men vad kunde Ingrid förvänta sig av sitt eget beteende. Den egna spridda skuren av passion fick garanterat de i hennes närhet att fundera var och när hon själv skulle anpassa och engagera sig. Så länge ingen tog skada av beteenden, var de inte värd att justera för någon annan. Men den visionen och filosofin började sakta tära på Ingrid men främst hennes egen omgivning. Det blev flera månader av ovisshet och ständig kamp för att nå framåt. Även om hälsan fanns med i alla svängar, kunde Ingrid finna sig i en självömkan underbyggd av unga år av tvivel och valda gupp i en annars slät väg. Jacob gjorde allting som gick att följa i det som var en rak kommunikation. Men i den ständiga dialogen, som mer och mer liknade en monolog, förstod Ingrid någonstans att det blev mer en börda än en nyskapande resa att vara med henne. Hur hon skulle förhålla sig till sina egna mål i samband med möten mellan henne och nya personer blev ett tilltrasslat garnnystan. Orden blev till akrylfärger vackra att titta på under varje sekund som deras nyanser sken av ljus. Meningar blev till utdragna andetag för att syresätta delar av livet som eventuellt behövde somna in. Lätta tyngden från axlarna som trodde sig behöva bära en hel värld. Ingrid visste inte mycket genom tekoppens rökfyllda lock.

Solens skygga ljus kom och gick precis som Ingrid gjorde i Jacobs liv. Hennes närvaro var mer en skugga än vad den var en form av närhet. I varje ord kunde hon själv ana att det ständigt gick en djävul intill och påverkade varje steg. Basgångar i huvudet och i hjärtat spelade en trygg ton av och an, men musiken var för Ingrid själv. Jacob var skönhet och gitarriff. Ömma ord och tydliga sanningar. Deras dagar och kvällar var mer vad Ingrid förväntat sig av den nya framtiden. En linje att följa, en transparens som gick att se om rätt

humör ägde stunden som den försökte urskilja.
Osynliga känslor och tvivel kunde beröras utan att
skammen tog över kroppens rörelser. En till resa
till Frankrike vilade i den delade horisonten av att
lära känna varandra. En båt föll över kanten när
den vågade sig för nära. I skygga solstrålar flög
Ingrid för nära solen. I sin förvåning föll hon meter
efter meter. Ingen där att ta emot henne. Inte
någon hon önskade var där nere i alla fall. På
marken där förväntningarna var fortsatt rimliga
och alla idéer som flöt runt i kroppen fick vika
hädan. Månader, snart ett år, av att inte veta fram
från bak. Musik som ljöd och karriär som gick
framåt. Ingrid försökte finna rimliga mål och hon
försökte se det rimliga i Jacobs egen närhet. Den
som inte gick att ge från eget håll. Ensamheten var
inget bekymmer. Att vara själv var ett sätt att sluta
upp med att basera sitt liv på en tvåsamhet. Jacobs
omtanke satte käppar i hjulet på en ambition om
att vara med en själv. Hans eget arbete för att bli
den han var låg före Ingrids eget. Kanske var det

anledningen till hennes skuggrörelser. Djävulen intill blev mer och mer en intention att sluta upp med att lura in vackra människor i ett trassel av garn. Solens skygga ljus var en exakt liknelse av Ingrid. Naturen var fenomenal ibland i sitt historieberättande.

"Ein, Vier und Fünf. 145 Euro" räknade Ingrid för sig själv när hennes beställning av biljetter skulle gå igenom. Det hade blivit dyrt att besöka sin oas nere i söder. Men tanken på blommorna, ängar och söta viner var ingen motståndskraft när ekonomin var tänkt att stabiliseras. Fingret gick en kort promenad över avtryckarfingret i form av muspekaren. Godkänn och glöm. Skärmen fylldes med en halvfull mätare som snabbt fylldes upp till toppen. Sedan ett tack och inget mer. Ingrid behövde de delar av henne som huvudstaden förgäves försökt ge kroppen och samtliga sinnen. Hon krävde att snubbla över kullerstenen vid Holzmarkt och bli andfådd på väg upp mot Schloßturm. I söder var luften en annan och den innehöll främst inga bekymmer om vad framtiden skulle eller kunde erbjuda. När väskan från garderoben togs fram ur sitt mörker, landade den lättsamt på hallgolvet med ett halvöppet lock. I väskan låg en plastpåse tillplattad från besöket hos föräldrarna. Påsen bar då på Ingrids mammas kakor och ett foto på familjen tillsammans i Italien. Ett gammalt foto över gamla minnen. Ingrid kunde bara komma ihåg äldre minnen och om detaljer som fick henne att känna sig nertyngd även när det var motsatsen till vad som eftersträvades. Tiden var kommen att förverkliga sig själv på ett nytt vis och inte gå runt i en dagdrömmande månresa utan att veta var skeppet skulle landa. Hennes mål var basen av lugn på en imaginär måne. Himlakroppen var staden i söder där hennes känslor levt ut på ett nytt vis flera år tidigare. Där Gabriel funnit henne och hon funnit samma tydliga men mystiske svensk. Väskan var redo för hennes korta men nödvändiga äventyr. Snart var huvudstaden åter vad ögonen såg och hanterade, men innan dess var veckorna till för att vara i stunden. Drömma sig bort mot vad allting egentligen gick ut på. Ingrids Heimweh spred sig mot alla håll och kanter. Det hade varit snart ett år av förvirring men även ett försök att finna sig själv. Innan Gabriel, innan Jacob eller innan sig själv var livet värt tvivel och tankarna om att inte räcka till. Förhoppningsvis kunde distansen tyda tecknen och hennes eget sätt att förhålla sig. Tiden var vännen, att lämna hemmet för ett lika tydligt sådant var vad lungorna behövde. Benen och armarna började packa väskan, i samma rörelser återfick Ingrid hoppet om vackra stunder.

Epilog.

Marknaden vid foten av katedralen fanns kvar i form av ett högst levande vykort över det som var rätt och fel enligt Ingrid. Skuggan av katedralen skyddade från värme; svalkade för varje sekund som tillbringades under den magnifika konstruktionens böjda väggar. Dialekten från människorna som stannat intill Ingrid var öm för öronen och fick henne att le. Det var hennes andra dialekt och vokalerna lekte lätt på samma människors tungor och läppar. I skyddet från solen, med svettpärlor tydliga på pannan, stod Ingrid kvar och tittade beundransvärt på de lokala bönderna som ivrigt sålde sina varor från präktiga tält prydligt utplacerade längs med torget. En kvinna ropade på Ingrid om att komma och se över hennes frukter som skördats i närheten av staden. Alla äpplen i skilda nyanser förtrollade ögonens sökande efter söta impulser samtidigt som apelsinernas mindre former adderade ett välkommet inslag av brytpunkter. Ingrid höll upp två fingrar efter att ha granskat utbudet, vilket fick kvinnan som kallat på sin köpare att agera snabbt som om Ingrid inte skulle finna tiden att ångra sitt beslut. För varje äpple som plockades upp från samlingen av fruktsocker, försvann en asymmetrisk perfektion. Men det fick vara naturens enkla gång på ett pretentiöst och observant vis. Ingrid tackade fint och gav artigt sin sedel till kvinnan i tältet. "Stimmt so, bitte" adderade Ingrid för att förtydliga att småmynten kunde stanna kvar hos frukternas förmedlare. När stegen tog Ingrid vidare genom folkhavet, tappade skuggan sin kraft från solen. Den hittade fram bakom stadens samtliga berg utan att be om ursäkt för sig. Katedralen var inte heller en match för värmen och Ingrid kände hur hon blev stärkt av att enbart stå still mitt bland stressade och köpsugna individer. Hon blundade och kände vartenda inslag av solsken på sitt ansikte och armar. Torget var sedan år tillbaka platsen för att kunna läka mentalt och på ett imaginärt vis även fysiskt. Flera

armar stötte till hennes egna, gungade till hennes
överkropp och tvingade benen att hålla balansen.
Men ingenting rådde på Ingrid i hennes och solens
konversation. När ögonen åter öppnades, mötte
Ingrid blicken hos en äldre herre. Han verkade
inte på något vis vara medveten om hennes
närvaro i hans uppenbara linje. Ingrid fick agera
snabbt för att inte bli överkörd av mannens tydliga
framfart med en enorm potatissäck hårt hållen i
armarna. För att överleva, valde Ingrid att söka sig
från torget och mot tvärgatorna där både skugga
och annat stimuli fanns för henne att kunna
slappna av.

Världen kunde sluta att snurra nu om den ville.
Gatorna blev karuseller från hyreslägenheten som
Ingrid valt ut med omsorg under sitt besök.
Himlen började färgas rosa i en intensiv takt;
längre bort i horisonten syntes en bekant strimma
av svart nyans. Fönstret stod öppet och tillät att
människors samtal nådde upp till och in genom
öppningen. Ingrids hand vilade mot bordet

samtidigt som den andra flöt över ett blankt pappers yta. Orden fyllde kvickt det processade träet som blivit till mjuka vita delar. Vad hon skrev visste inte handen själv, utan det som kom ur pennan blev mer en ventilerande stund av att vara i nuet. En sällsynt stund men som tvingats fram i samband med besöket i staden. Värmen från dagens äventyr bodde kvar i kroppen. Bara en löst sittande tröja fanns på överkroppen, benen var bara och höften täcktes av bordet samt ett par shorts som inhandlats från reahyllan nedanför lägenhetens portingång. Nya samtal passerade ett efter ett, gav minimal inspiration till orden på pappret. Men tillräckligt för att helt plötsligt ha fyllt ut tre sidor av boken. Ett nytt projekt om att tvivla, söka och förhoppningsvis hitta det som gömmer sig bakom ett par ögon. Ingrid blundade en stund och hanterade värmen inombords. Tre djupa andetag svalkade kinderna och lungorna gav tillbaka energi med samma kraft. I samma rörelse som andetagen givit henne styrka, reste hon sig från stolen och bordet. Borta i horisonten hade den mörka färgen spridit sig närmare och närmare stadens utkanter. Ett par lampor bortom mörkret var tända. Franska motsvarigheter till lamporna som snart gick samma öde till mötes. En vänskap inom vetenskap som Ingrid sökte i livet. Pretentiösa tongångar adderades stående till boken med nya överfyllda textrader. Efter detta stängdes densamma och Ingrid sträckte på hela kroppen och tittade upp i taket. Där fanns en spricka, sedan en till. Perfektion fanns ingenstans och det var acceptabelt. För stunden.

Caféet stod stilla förutom en vattenkokare och en radio som justerade sina egna signaler. Ingenting kom åt kroppen där den satt. På platsen där Ingrid funnit Gabriel första gången. En soffa som kändes styvare än innan. Kanske var den ny eller så var minnen från förr en illusion som ville väl i drömmarna. Kudden slöt sig runt underkroppen i symbios med tyngdlagen. Som om det var det enda som fanns i närheten av tidens spår. Ingrid drack långsamt ur en stor kopp fylld med smaksatta blad. Ångan från vattnet strök näsborrarnas innandöme utan att be om lov. Läpparna vek sig inåt från att behöva möta hettan från vätskan. Men det var en inövad form av självbevarelsedrift. Automatisk makt som skötte rörelser och instinkter. Ingrid tänkte sig inte ens för vid den andra klunken som glupskt fann hennes hals. Formerna skötte resten, skvalpade enkelt ner mot bröstet. En värme fyllde hennes del av kroppen som inte höll henne uppe. Soffan var en enkel vän i stunden. I minnen från förr kunde Ingrid nästan höra skratten och skämten från den forna kretsen. I centrum fanns Gabriel i mitten och fångade hennes blick. Tankarna vaknade ur sin sömn och Ingrid märkte hur en servitris, som aldrig sett den gamla gruppen tillsammans, frågade en ouppmärksam kvinna om det önskades mer vatten i koppen. Ingrid nickade tacksamt. Kannan med hett vatten släppte loss ett mindre vattenfall av oändligt flöde. Naturkraft i minimumformat. Hettan nådde pannan även om kroppen lättsamt vilade mot soffans ryggstöd. Men trots dessa händelser befann sig caféet i ett vapenstillestånd. Ingrid mötte lugnet med en enkel tacksamhet. I samma ögonblick vibrerade telefonen. Sedan ett varv till. Handen förde upp samma telefon från skjortans bröstficka. På skärmen stod ord från ett annat liv. Ord från den som egentligen ägde hjärtat: "Mitt hjärta var tänkt att slukas helt av dig". Ingrid log med hela sin kropp. Ytterdörren öppnades och tillät en sensommarkvälls kyla göra sig påmind.

Efterord.

En andra del av en resa som pågått sedan tre år av
skapande. Den kreativa processen har inte tagit ett
uppehåll även när den önskat. Varje ord och varje
mening skapar någonting inombords som är svårt
att definiera. Den första delen av denna bok skrevs
när världen genomgick en fullskalig pandemi. När
hjärtat fortsatt kämpade för att kunna läka
ordentligt efter att ha levt till fullo. I raderna som
skrevs i del ett fanns spår av önskan kvar. En
önskan om att resa sig igen. Ingenting verkade
dock fullkomligt vara benäget att läka i skapandet,
eller i möten med andra människor och platser.
Tiden var oändlig fram till en målbild kring vem
som önskades eller vilken del av ens egen person
som önskades. Kreativiteten bodde i rösten och i
händerna som skrev böckerna som följde. Efter att
Gabriels resa i historien om honom och Ingrid
lämnades över till papper från huvudet, tog en ny
form av yttringar plats. En canvas köptes en
förmiddag tidig höst 2020 och vad som följde visste

inte ens en själv. Att få skapa med färg var en begravd dröm som aldrig fick fäste i det fysiska skapandet. Ord och rader i böcker ansågs vara toppen av ett berg i bergskedjan som slingrar sig runt livet. Det som penslarna skapade var en ny horisont och den har visat mig nya kulörer. Ett skapande som aldrig upphör även när en själv önskar att få vila. Men vilan finns i mina färger och mina ord om hur grön, blå eller annan färg tog plats på en naken yta.

Gabriel och Ingrid är två personer som funnits med i resan framåt. Två individer som försöker att efterleva förväntningar och förhoppningar utan att mista sig själva. Men bägge historier visar att det är en utmanande resa att komma framåt utan att instinktivt ta av från livets motorväg. Följa en omväg eller till och med en ny väg där målet upplevs vara betydligt mer tilltalande. Gabriel följer sina drömmar och tar sig till ett nytt land. Hittar nya aspekter av den han önskar vara och vill se sig själv skapa i en värld som upplevs vara kall. I sitt sökande finner han Ingrid som delar samma mål och tankar, men på sitt eget vis. Kärleken tar fart och när Ingrid förstår att Gabriel är mannen i sitt liv, sker en ny omväg. Oavsett om den önskades eller inte. Ren instinkt och ren lust för personer eller föremål. Del två blir en resa i att tvivla kring det mesta i livet och kring de relationer som finns intill. Kapitel om att vilja en sak för att i nästa sekund tänka att andra hållet är det sunda och välvilliga. Ingen vinner egentligen i detta liv, vi gör det vi kan och hoppas på att det leder till ett fint spektrum av minnen och känslor. Vissa får känna mer, andra mindre. Det är en sanning och en acceptans som finns med i allting jag skapar eller skriver. Den kreativa resan får sitt uttryck i Ingrids historia, hennes känslor är på ett sätt mina. Ingen har svaren, ingen ställer de rätta frågorna. Men på något vis blir vi ändå starkare och svagare i vår strävan mot ett fullkomligt liv.

Denna bok läggs nu till handlingarna och bägge delar, både Gabriels och Ingrids, betyder en enorm mängd i det som är mitt kreativa liv och sätt att vilja vara. Om ens ett ord kan få er att känna någonting som inte fanns där innan, är jag tacksam och tillfreds. Och därför ska det första av samtliga tack gå till dig, läsaren av denna bok. Tack för att du var med på en dagdröm som sträckte sig till månen. Förhoppningsvis blir ditt liv rakare och mindre fyllt av tvivel i jämförelse med Ingrids och Gabriels. Tack till min bäste vän, Philip, som stöttar mig i alla tankar. Bra som dåliga. En äkta vän och en äkta närvaro. Tack till Calle, min älskade kusin som förstår och lyssnar. Tack till Casper, min yngre bror. En fråga och jag är där, du är min förebild trots dina unga år. Tack till August som ser mig för vad som är och att livet inte alltid är enkelt. Tack till mamma och pappa som gav mig mitt liv. Förhoppningsvis pågår det ett tag till med mer minnen. Och slutligen tack till min äldre bror, Kim. Han som levt med mig i flera av de stunder som format en själv och i sin tur format honom till en vacker pappa, bror och man.

Inte en dag passerar utan att du finns med i bröst och huvud. Jag tackar åter dig som läser detta, och sänder all kärlek som går att förmedla genom papper och penna. Tack för att du ville dela denna resa. Gå väl och glöm inte att allt fint inte hänt än.

Victor Sköld, Berlin 2023.